quase
(TODA)
POESIA

quase (TODA) POESIA

JUREMIR MACHADO DA SILVA

Editora Sulina

Copyright © Juremir Machado da Silva, 2022

Capa: Like Conteúdo

Editoração: Niura Fernanda

Revisão: Simone Ceré

Editor: Luis Antônio Paim Gomes

S586q   Silva, Juremir Machado da
          Quase toda poesia / Juremir Machado da Silva. – Porto Alegre: Sulina, 2022.
          280p.; 14x21cm.

          ISBN: 978-65-5759-055-3

          1. Literatura Brasileira - Poesia. 2. Poesia Brasileira. I Título.

                                             CDU: 821.134.3(81)-1
                                                   CDD:B869.1

Todos os direitos desta edição são reservados para:
EDITORA MERIDIONAL LTDA.

Rua Leopoldo Bier, 644, 4º andar – Santana
Cep: 90620-100 – Porto Alegre/RS
Fone: (0xx51) 3110.9801
www.editorasulina.com.br
e-mail: sulina@editorasulina.com.br

Janeiro/2022

1
Pós(-Drummond)

Não serei o poeta de um mundo novo
Tampouco serei o cantor do meu povo

Não falarei jamais algo sublime
Praticarei sempre o mesmo crime...

Farei poesia sem poesia
Romance sem personagem
Crônica sem pensar no dia

Descrição sem paisagem
Teatro sem maquiagem.

Nunca voltarei à antiguidade
Nem mesmo à velha modernidade

Ano depois de ano,
Rasgarei a fantasia
Em nome do cotidiano.

Sonharei com uma vida rude,
Sem metafísica nem ontologia
Experimentada no meio da rua
Como uma vagabunda mitologia

Não criarei novas imagens
Farei somente colagens
Coleção de bolinhas de gude

Não exaltarei mulheres fatais
Nem lutarei contra a rima
Tampouco a colocarei acima
Dos meus esquálidos ideais.

Não verei das estrelas o brilho
Nem da noite a tensão elétrica

Não seguirei das vias o trilho
Para mim bastará ser o filho

Bastardo...

Deste tempo sem métrica
Cuja utopia é a ética
E a arte pós-estética.

Não farei das leituras
Álibi para as agruras
Do poeta agonizante

De um homem artificial
Colhendo rosas e dálias
No jardim das virtuálias
Serei essa voz natural

Num dia monótono e breve
Das redes sociais em greve
Serei a derradeira conexão

Pássaro no rastro da tarde,
Artesão sem fazer alarde.

2
ATMOSFERA

No cair de uma noite quente,
Vendo o mar de cima da ponte,
Eu descobri no horizonte,
A multidão até então ausente.

Foi aí que eu me perguntei,
Entre irônico e patético,
Se valeu tudo o que comprei,
Neste supermercado estético.

Pisei no acelerador,
Respondi em Niterói,
Vivi o que não dói.

Nunca é demais o amor,
Mesmo se de um verão,
Só marcam a desolação

E os beijos em bocas
Quentes e desconhecidas
Como essas juras roucas
Enquanto se põe a roupa.

Ficaram para trás esquecidas
Uma foto de travessura na praia,
Um endereço à mão sobre a mesa

Na gaveta do quarto uma saia
E uma luz de cabeceira acesa
Para nunca mais, até chover.

3
LUA BREGA
Uma noite, quando a alma do vinho
Já cantava nas garrafas,
Eu lancei minhas tarrafas,
Ao mar. E tomei o meu caminho.

A lua que ainda me seguia,
Para ver até aonde eu ia,
Ofendida, recuou.
Ah, como isso me magoou!

Hoje, eu sou um cemitério cansado,
Escurecido pelas luzes do passado,
Depois que a rosa triste da calçada,

Me deixou com Baudelaire,
Abraçado à frigidaire.

Agora sei que para cada noite banal,
Só me restam as doces flores do mal.

Neste meu peito velho e brega,
Embalado por Nélson Gonçalves,
Onde explodiram tantos salves,
Só a serpente não se entrega.

Nele o pranto dos poetas,
Com suas almas de profetas,
Num brado ecoou:
Você nos plagiou!

Façamos um brinde a essa chalaça
Com um sagrado cálice de cachaça.

Santé!

4
BIOGRAFIA
Eu estive lá...
Entre duas torres
Depois do esquecimento,
Na manhã que caía aos poucos,
Nessa ausência plena
Que é o ressentimento.
Longe dessa presença vazia
Que pena como uma sangria,
E sangra como uma orgia,
Entristece feito a poesia,
Embarcação de loucos.
Eu estive lá...
Entre duas torres,
Esparramando sombras,
De sol a sol,
Na imensidão do nada,
Saindo do tempo
Como uma lâmina cortada.

5
MAPA
Transit gloria mundi,
Terra incógnita, trilha,
Pau, Brasília.
Finit, funde

E la nave va, ágil,
Velha nau, frágil.
Tão frágil.
Mal dito, brilha,

Que esperança!
Vento Norte,
Rumo ao Sul,
Falta de porte,
Tiros em Istambul.

Pajelança.
Caput, corte,
Já não tem dança,
Somente...
Autocontrole, tropel,
Semente...
Torres de papel.

Silêncio, entoou:
Acabou.
Transit gloria mundi.

Fresta, brecha, vão, abismo,
Com a eternidade eu cismo
Para tentar não morrer.

6

INFÂNCIA
Eu perseguia imagens no céu
Moldando nuvens com o pensamento.
Vez ou outra, na clausura do tempo,
Surgia o eterno num fragmento.

Então o azul e o verde do campo
Fundiam-se como uma mata densa,
Ritmando uma luz nua e intensa,

Até cair dos meus olhos o véu,
A lua, o brilho, o tampo.

Eu me extraviava no infinito,
Iluminando estrelas ao léu,
Apagando o dia,

Até onde a noite,
Essa vadia,

Se esconde do futuro
Na memória do escuro.

7
CANTEIROS
Agora estou aqui
Junto aos canteiros
Onde o cinza floresce,
Sob um céu lamacento,
Enquanto a noite cresce.

Turvo é o rio dos meus passos,
Ensolarados os sonhos e os traços
Que risco na parede das lembranças.

Ninguém pense que estou triste!
É a palavra que dói dentro de mim
Como um navio que chega enfim,
Mastros tão longos em riste,
Ao porto do seu começo.

Quando da palavra me liberto,
Vejo-a de tão perto,
Que nela não me reconheço.

A palavra é como um modelo,
Esperança ou pesadelo,
Pássaros voando ao longe
Carros zumbindo ao lado.
Imagens do meu passado:

O som de uma buzina,
Uma mulher de andar torto,
Na volta da esquina,
Um perfume esquecido no ar,
Inventário do céu no porto.

Eu sigo o meu destino,
Essa velha e amiga mesa de um bar,
De onde barcos ainda ganham o mar.

8
TEMPO
O tempo é uma questão eterna,
Nunca uma ilusão do momento.
Os anos passam em movimento,

A gente mal ouve os seus passos,
Ressoando, lentos, nos traços
De homens que bebem nos bares,

Quintas, sextas, sábados,

Ou dormem nos seus lares,
Em camas amarfanhadas,

Segundas, terças...

Meninas correm abraçadas,
Cães latem nas calçadas,
Mulheres exibem marcas de laca.

A vida é rua de sombra escassa,
Desembocando numa antiga praça,
Onde os velhos riem sem graça

E garotos fazem gols de placa.

A felicidade é como uma lanterna
Inventando brechas e clarões na idade
Enquanto os meses entram na eternidade.

9
DEFINIÇÃO
Sim, a vida
Sempre a vida.

A vida é uma explosão de cores
Na paisagem encharcada pela chuva.
Reverberação de luzes e sabores
À espera da estiagem.

Misteriosa pintura sonora
Feita de gritos de outrora.

Galhos, risos, vadiagem...
Pandorgas, sementes, uva,

Trilhas, sonhos e odores
Nesta passagem de ida.

Bocas que entoam salmos,
E pedem beijos calmos
Na penumbra do quarto amarelo.

Quem não se viu na manhã que nasce
Contemplando o rio que desce,
Levando a água do parto?

Quem não se vê na manhã que nasce,
Com Deus mergulhado num face a face,
Espiando o rato silvestre da poesia?

Quem não se viu nos arrecifes
Sentindo um gosto de maresia
Enquanto a grama cresce
Num relvado de fantasia?

Sim, a vida,
Sempre a vida...

Cadeiras na varanda,
Corpos tão suados,
Aragem de lavanda,

Almas num varal,
Bíceps sarados,
Sexo no taquaral,

Longo orgasmo tatuado
Antes do supermercado.

10
Estações

O amor é uma chuva fina,
Um golpe de vento úmido,
Que nos surpreende na esquina.

E logo se transforma em sina,
O olhar buscando tímido,
Um corpo para atracar.

Mas na grande aventura,
Feita do que não dura,
Pela paz de narciso,
Mesmo longe do mar,

Naufragar (não) é preciso.

Lenta viagem ao coração do destino,
Como travessura ou falta de tino,
O amor é temporada no inferno,

Tradução de toda poesia,
Um majestoso e branco inverno,
Na estação menos fria.

O amor é o último trem,
O metrô que já não vem,
Para quem não está ao abrigo,

Do grande e intratável perigo,
Que é a paixão, este laço
Do outro lado dos trilhos,

Onde ainda correm os filhos,
Das tardes de névoa e aço.

11
TARDE
Pensei na minha morte,
Outro dia, à tarde.
Pensei na minha sorte,
Femme fatale, carde.

A vida é bolha de sabão,
Está aqui, não está mais.
A morte suspende o não,
Expiram os outros finais.

A morte é como uma mágica,
Um truque sujo previsto,
Contrato, enfim, revisto.

Final de uma cena trágica,
Presença de uma ausência,
Uma súbita transparência!

12
ORIGEM
A poesia nasce do nada
E nada tem para dizer.
Parece aquilo que trago
Mas não consigo conter.

Esvai-se com a palavra,
Resto da última lavra,
Ilusão do último afago.

Ressaca que não apago,
Queima como um gole de absinto,
A poesia é só aquilo que sinto.

Serve apenas para que meus dedos
Brinquem de esconder seus medos
Na sala de espera do dentista.
Pelo amor de Deus, não insista!

A poesia teve o seu tempo,
Morreu com um tiro na nuca,
Ocorrência ou contratempo?

Velha senhora meio caduca,
Jaz sobre a mesa de sinuca.
Pronta para ser exumada.

13
Teologia
Nosso Deus não é cruel.
Aguarda, calmo, porém,
Justo pelo nosso bem,
Do homem o seu papel.

14
DISTRAÇÃO
Eu estava atento,
Controlando o tempo,
Firme, mesmo lento,
Sem ter bebido um gole.

Veio uma linda menina
Seu nome, Maria Lina.
Foi ela que me deu mole.
Tinha um gosto de açaí.

Que foi? Que tem aí?
Alguém me perguntou.
Fiquei um tempo calado,

Mas a pergunta voltou.
Nada, eu me distraí,
A vida passou...

15
ILUMINAÇÕES
Por que me vem assim de repente,
Como se eu fosse o velho poeta,
Toda essa tristeza inconsistente?

Como se as casas e as flores,
Os bares e mesmo cada esquina
Não tivessem mais espessura.

E somente a noite, ô, sina,
Sempre tão longa e escura,
Com a sua turva e dura beleza,
Mantivesse o sentido das cores.

Eu olho os lugares, o céu, as paredes
E vejo em cada buquê de pontos verdes
Somente a mesma crua certeza
De que a matéria é feita de luzes.

Contemplo, enfim, estrelas e janelas,
Um campo enorme e iluminado de cruzes
Perde-se no infinito acendendo capelas.

Aos poucos, a cidade amanhece.
Na costa, a lua que desaparece
É só aquilo que resta do meu olhar.

Um rastro da persistência dos muros,
A tão sutil e nebulosa reta
Desses meus tantos e sinuosos apuros.

Uma nuvem retirando-se para o mar.

16
PONTO DE VISTA
Da minha janela, vejo a rua,
As árvores no estacionamento,
Muitos carros em movimento,
E a lenta marcha da lua
Em busca do esquecimento.

Tudo é denso e silencioso,
Como num quadro vaporoso,
Pintado no século passado
Por um artista recusado.

Mantenho o vidro fechado,
Contemplando um quadrado,
Onde desfila quase o mundo.

Passa a garota de minissaia,
O cara num tomara que caia,
O homem do cheque sem fundo,

A família vinda da praia,
O pai a caminho do lar,
O boêmio no rumo do bar,

O ambicioso que trabalha de bedel,
A dama de salto alto para o bordel,
O jovem sarado se achando o tal

O morto sendo levado do hospital,
O repórter que ficou sem jornal.

Eu também me vejo, meio sem graça,
Um instante refletido na vidraça.

Tudo passa, sem opinião de fachada,
Eu olho apenas sombras na calçada.

17
PROFISSÃO DE BOA-FÉ
Eu só queria na vida fazer poesia
Mas nunca pude entender a mania
De contar as sílabas e os versos.

Desconheço quase tudo do soneto,
Ignoro se há uma lei do quarteto,
Navego sozinho nos espaços inversos.

Nada sei da lógica do verso branco,
Faço tudo mesmo é meio no tranco.
Jamais pude aprender a redondilha,

A poesia para mim é como uma ilha,
Cercada de regras por todos os lados.
Mas sou do bando dos poetas naufragados.

Com quantos paus se faz uma canoa?
Não sei. Nem com quantas linhas
Se faz um poema. Levo é numa boa,

Os gostos dos outros, mas as minhas
viagens são outras: ao saber do vento,
sem espaço nem tempo, é que eu tento
Chegar ao porto dos encalhados.

Não comprei ainda por cima
O meu dicionário de rima.

Então, mais por ignorância,
Falo, assim, da substância
De algo que não se alcança:

A essência de uma dança,
Ou o sorriso da criança.

Se não for o olhar do lobo
No rosto triste de um bobo.

18
Alquimia
A poesia também se faz
Do que não tem sentido.
Nela quase sempre jaz
Toda a nudez do vestido.

O poeta que agarra a vida,
Entre o "cristal e a fumaça",
Aprisiona aquilo que passa.

Nem mesmo a morte tem saída.

O grande poeta é meio físico.
Para o físico a poesia é festa,
Vitória sobre o conceito tísico.

Uma boa fórmula depois da sesta.

19
Discurso
O que calar quer dizer?
Que nem tudo pode ser dito?
Que não se pode escrever
Aquilo que o silêncio fala?

Ah, esse discurso mal dito!
Ah, essa palavra que cala!
Esse bilhete enfim escrito
Que mais parece uma mala...

Gritando na porta da sala.
O que calar quer dizer?
Que o silêncio cala?

Como uma lâmina quente,
Na garganta da gente,
Assim o silêncio fala,
O que não queremos ouvir.

20
Nau
Naufragar não é preciso
Mas é sempre necessário.
Como o rastro de fuligem
No mar de um visionário.

Pois o barco impreciso
Do navegante solitário
Pede ondas de vertigem
Como seu vinho diário.

Não existe navegação
Sem perigo de naufrágio,
O risco é da paisagem,

Salvo se for ilusão,
Oceano com pedágio,
Ou simples cabotagem.

21
Moldura

Quero tudo e agora
Uma poesia figurativa,
Uma pintura intuitiva,
A alma vista de fora.

Estou cansado do mundo,
Mergulhado bem no fundo,
Em busca de uma imagem
Que ainda faça sentido.

Já me bastaria a paisagem
Daquilo que foi perdido.
Ou um pouco daquele vinho

Que ainda não foi bebido,
Apesar da nossa vadiagem,
Ao longo do mau caminho.

22
Influência

Vinte canções desesperadas
E um único poema de amor.

Garrafas tristes de conhaque,
Amores sempre de aluguel,
Mansos tigres de almanaque,
Cavalos todos de papel.

Vinte canções malsinadas
E o mesmo amor pelo poema.

Vinte canções sem sabor
E sempre o amor por Moema.

Nenhum porto nas alvoradas,
Nem mortes nem despedidas,
Nada de piratas ou de navios,
Muito menos de mares bravios.

Somente as mesmas partidas,
Nas mesmas horas caladas,
Eternas e lentas saídas,
Ônibus nas mesmas paradas.

A vida num mesmo plano,
Metafísica do cotidiano.

Todas as tardes sem ela,
As utopias pela janela.

Mas um dia chega a conta,
Moema já se foi de ponta.

Queria uma caravela,
Embarcou numa lotação,
Atrás de si uma vela.

Não faz mal nem importa!

Coisas do imaginário,
Se o poeta, essa porta
A dívida não executa,

E ainda fica à escuta
Dos sonhos do falsário.

Vinte canções desesperadas
E um único poema de amor:

O poema-canção que eu não quis.
O poema-canção que eu não fiz.

A canção que o poema não diz.

23
REALISMO
Mesmo que não haja graça na tristeza
Ninguém jamais deve fazer da beleza
O corte medonho do fio da navalha,
Pois o olho não sabe que tem de ver.

Cada um sabe por si que na batalha,
Quase sempre só se tem uma bala
Na agulha da alma que se cala.
A vida não sabe que tem de ser.

Uma árvore é sempre triste,
As ausências sempre tão belas
Nas entrelinhas das aquarelas.

Será que ainda não descobriste,
Espiando no desvão da ranhura,
Que nada há atrás da pintura?

24
MUTAÇÃO
Uma tristeza longa e fina,
Como um punhal de marfim.
Uma melancolia assassina
Sempre nos dizendo sim.
A chuva escorre pelas folhas,
Fazendo das árvores bolhas,
Enquanto o vento escurece
Janelas, velas, passarelas.
Passam as tardes amarelas,
Jorra o corte que cresce,
Até o surdo espocar das rolhas
que cobrirão a noite de carmim.
As balas não serão de festim.

25
RUAS DO TEMPO
O tempo é somente uma linha reta
Que por razão alguma se curva,
Mesmo que a vida seja turva.
Cumprindo seu papel de profeta.
Vento forte na manhã calada,
Aguaceiro na tarde parada,
Brisa em cada noite passada,
O tempo sempre cumpre a sua meta.
Diante da corredeira ou da seta,
Entre o cristal e a madeira,
Ceifando a cruz e a videira,
O tempo avança sem deixar rastro.
Passam os homens e os dias,
Ruem os edifícios de alabastro,

Contam-se as semanas vadias,
Refluem os rios e as pontes,
O tempo engole os horizontes,
enquanto uns fazem fila nos bancos
E outros fogem da morte como mancos,
Vendo na calçada fragmentos de pedraria
E sonhando com as garotas da cervejaria.

26
Lua zen
(Releitura I)
A lua
Lá da minha rua
Parece que anda nua
Quando vem
Me espiar.
Seu olhar
De gata zen
Me faz pensar
Num trem
Correndo para o mar.
É tanta sedução,
Tamanha ilusão,
Que me dá falta de ar.
Então eu até sinto
Um gosto de absinto
A boca me salgar.
E como que pressinto
A paixão me afogar.
Quando essa lua,
Mansa gata nua,
Vem me beijar,

No meio desta rua,
Me ilumina com o mar.

27
Cantiga
(Releitura II)

Pelas ruas, outro dia,
Caminhando à revelia,
Numa esquina da Tristeza,
Encontrei o que eu pedia,
Aquilo que eu sentia.
Uma cena comovente,
Feito um caco de beleza,
Que a alma logo sente,
Como um fio de lua ausente.
Uma linda namorada,
Esperando no portão,
E cadeiras na calçada,
Numa noite de verão.
Então me veio essa alegria,
Que só bate em nosso peito,
Quando a gente ama o que é direito,
Brilho suave de um poema sem defeito,
Um poema tão sem jeito.
Com olhar de maresia,
Estragando a fantasia,
Assobiando o que nem sei,
Foi então que eu voltei...
Pro meu lugar.
Minha velha cidade,
Oh! Que felicidade,
Até parece coisa antiga,

Merece que eu lhe diga,
Ainda cabe numa cantiga
De ninar.
Amanheço em meu Bom Fim,
Me lembrando de onde eu vim,
Mas não sei se vou voltar.

28
MAR

Eu vi o mar
Na ilha de Vitória.
Mas tantos o viram
Que não há glória.
O mar, esse que eu vi,
Embora fosse o mesmo,
Brincava assim a esmo,
Como se lembrasse de ti.
Havia tanto mar naquele mar
Que o mesmo mar era outro
E outro era o mesmo quebra-mar.
Tanto mar aos meus pés
E nenhum ar nos sopés,
Sobre as ondas tão recentes
Apenas os teus olhos ausentes.
Mar, mar
Tanto mar,
Navios ao longe,
Fados de Portugal,
E eu ali,
Tão bem que mal,
Por ti,
Lavando as mãos
No sal.

29
LOMBAS
Não fosse o tempo,
Eu cairia no esquecimento.
Mas esse edifício de sombras,
Que se ergue acima das bombas,
Enquanto eu olho pela nesga da rua
O mar na sua realidade mais crua,
Me salva do entorpecimento.
Então eu me viro para a direita,
Contemplo o morro que me espreita,
Um pingo de chuva me beija a boca,
E toda a vida me rasga a roupa.
Avisto duas grandes luas.
Vou sair nu pelas ruas.

30
PERSPECTIVA
Um banco duro contra a parede,
A sombra do cão sacode a rede,
A lua cheia vaga sobre o muro:
Chega, com atraso, o futuro.
Foi agora mesmo, há pouco.

31
PASSAGEM
Corte abrupto,
Corte bruto!
Vermelho da tarde no céu,
A brisa líquida como véu.
Ônibus trafegando,

Crianças fumando,
Um cão mancando,
Uma bandeira ao acaso.
Nos bancos de espera,
Minha alma é o único réu.
Eu me questiono:
Como ganhar a vida?
Alguém se pergunta?
Como ganhar dinheiro?
Uns se levantam e partem
Só com a passagem de ida.
Há uma mão que se junta,
Os olhos que repartem,
Eu sou o primeiro
A acender o ocaso.

32
ALEGRIA
O sol apaga
O último lago.
A lâmina rasga
O primeiro trago.
Risadas espocam
Como gotas mornas
No veludo pálido
Do pós-tudo, nada.
O hálito virá depois.
A noite cai como um rio,
O rio corre como a luz,
A água escorre pelo fio,
Tudo se evapora,
Vamos embora,
Vamos agora,

Há muito que festejar
Até a falência
Da primeira fresta
Primeira brecha na casa,
Uma nota, uma bota,
Uma orquestra de velas,
Ao vento, ao lento
Sopro do ventilador.
A garota de programa
Mostra-se grande dama
Enquanto desarruma a cama
E sugere que a trama
Sempre é das mais belas,
Pois tudo foge do tempo,
Corre pelo mesmo tempo,
Como risadas novas,
Alegrias irisadas,
Palavras velhas num funil,
Balas e lábios de fuzil,
Sugando o nada,
Depois de tudo,
Agora, ainda.

33
PEDRA FILOSOFAL
A pedra é sem mundo,
A mais perfeita mônada,
Existência antes de tudo
Refletindo sobre a cômoda.
A pedra é sem fundo,
Essência em estado mudo.
A pedra de Heidegger,
A pedra de uma vida.

O homem é ser no mundo,
O homem é ser no fundo,
O homem do filósofo,
O homem antes da ida:
Ser-aí para a morte,
Acima de tudo um forte,
Alheio à própria sorte.
A pedra nunca é permanente,
Apenas o ser é mais que ente.
A pedra jamais é o fundamento,
Só o homem pode ser i-mu(n)do,
Antes ou depois do pensamento.

34

NOTA DE RODAPÉ
Serei o defensor do plágio
Ou quase, segundo a cotação.
Defenderei também os larápios,
Os fracassados e os batráquios.
Como postulava o louco Debord,
Desistirei de qualquer recorde,
Salvo o das bebedeiras tardias.
Mas não pagarei o pedágio,
Nem mesmo aceitarei o ágio,
Pois de todo espetáculo,
Erudito, cult ou macro,
Praticarei o simulacro.
Toda poesia é desconstrução.

35
FLAGRANTE
Aos poucos, tudo se torna claro,
Como se um facho de luz duro
Jorrasse sobre a parede nua
Obrigando até mesmo a lua
A ser transparente no escuro.

Onde estava Deus naqueles dias?
Pergunta o papa depois da agonia.
Por que não gritou com a humanidade?
Por que não impediu a covardia?
Onde estava Deus naquele inferno?

Onde está Deus agora?
Por que não manda embora,
O mal, a dor, o longo inverno?

Até onde vai o obscuro
Sob a clareza humana?
O todo num fotograma.

36
METAMORFOSE
Quando estou pensando nela,
Escancaro ao sol a janela,
Dou brilho nas caravelas,
Solto ao vento as panelas.

Quando eu estou com ela,
Bato todinhas de trivela,
Ando como numa passarela,
Visto a camiseta amarela.

Quando eu estou sem ela,
Sou todo tempo sentinela,
Viro pintor de aquarela.

Quando, enfim, desisto dela,
Acendo uma melancólica vela,
Chamo toda mulher de arco-íris.

37
MARCADOR DE PÁGINA
Risco a calçada com passo
Aberto, em busca do incerto,
Que me desenhará o que faço.
Como rastreador do deserto,
Não me sinto à linha restrito,
Muito menos estou circunscrito,
Ao teto do mundo ao lado.
Sangro pedras com os braços,
Singro os mares tão calado,
Marco a terra com meus traços.
Sou apenas um arrivista,
Arrancado da areia do passado.
Daqui da minha pequena vista,
Avisto o outro lado do tempo:
Corro contra o atraso.
Corro contra o acaso.

38
Bala

Em meu fim está o começo,
Como num poema de Eliot
Com o princípio invertido.

Não vejo isso como um tropeço:
Uma parte de mim já se foi,
Outra parte nunca chegará.
Ficou só o mais divertido.

Agora eu sou como um coiote,
Passos tensos, olhos atentos,
Nas praias atrás de um saiote.

Corpo preso, braços soltos,
Em bares brincando de Capote.

Não virei poeta por desespero,
Foi por acaso, no Rio de Janeiro,
Antes ou depois de algo importante,
Numa tarde qualquer de fevereiro.

Chovia doce e melancolicamente,
Como numa poesia romântica,
Em plena Avenida Atlântica.

Também, juro, não houve destempero.
De repente, eu me vi por inteiro.

Mais do que isso, eu vi Deus,
Mais-que-perfeito e sublime,
Com a beleza fria de um crime,
Nas curvas de um corpo maneiro.

Ali eu soube qual seria o meu fim.
Uma bela perdida me fez reincidir.

39
CRÍTICA
A luz, essa vadia
Que tudo invade, juro,
Numa eterna correria,
Sempre me deixa tonta,
Porém nunca me conta,
O segredo do escuro.

40
CALENDÁRIO
Todo sábado, com os pés na areia,
Eu risco da agenda uma semana.
À noite, se me parecer bacana,
Apago o tempo com um decreto.
Depois, nalgum lugar secreto,
Ponho uma dose de vida na veia.
Sou viciado em brisa do mar
E na luz fina das estrelas.

41
RETINA
Tem certas tardes tão tristes,
Por nada, por tudo, pelo vento,
O tédio das ruas sem movimento.

Tardes que nos deixam aflitos,
Acendendo por dentro conflitos,
Para os quais não há respostas,
Que me fazem pensar no passado.

Um tempo do qual não me lembro,
Embora o sinta em cada membro,
Quando vivi, acho, algo memorável,
Uma doce monotonia sem sofrimento.

Essas tardes são sempre calmas,
Pacatas cidades do interior,
Feito sombras batendo palmas
Frente ao portão da nossa alma.

Eu fico silencioso, melancólico,
Ouço velhos sucessos, bucólico,
Sem apagar o pressentimento
De que não recordo quem fui.

Antes, um deslocamento de rotina
Era tudo o que me ficava às costas,
Além de vagos resultados de apostas.

As horas eram cavalos chegando cedo.
Ao pensar nisso, agora, sinto medo.
O tempo é um monótono domingo,
Uma tesoura esquecida ao relento.

42
EXTERIOR
Quando ando pelas ruas da minha cidade
Sinto, assim, uma fina exterioridade
Que me deprime como o corte de um fato,
Aperta feito a lembrança de um sapato,
Salto alto afastando-se na manhã crua.

As casas parecem uma fortaleza nua,
Praças não passam de estranhas mesas,
Em torno das quais, alheio, eu passo,
Enquanto todos os convivas desaparecem.

Nada se manifesta, nada, tudo é calma,
Até cores mais vivas escondem a alma,
Só as calçadas vazias reflorescem.

É uma realidade fria, sem tragédia,
Uma rotina clara feita pela média,
Uma vida toda bem simples e reta
Como um domingo qualquer de sesta.

As janelas de todos os edifícios
São olhos fechados, orifícios,
Que não podem ainda me enxergar,
Mesmo se firmes me olham passar.

O mundo está ali, mas me escapa,
Como se por trás das largas paredes
Se escondesse, intenso, sob uma capa,
Um verdadeiro mundo intrincado de redes.

No meu lado de fora, fingindo acaso,
Fico imaginando, aberto como um vaso,
O que, aos meus olhos, se passa lá dentro.

Às vezes, perturbado, até acho que entro,
Com o passo em falso nalgum apartamento
Para flagrar, desatento e nu, um momento
Da existência pura na sua intimidade.

Acabo, claro, sempre sendo expulso,
Por invasão implícita de privacidade.
Sigo pelas ruas paralelas, avulso,
Olhando o feriado das vidraças.

43
"Cavalentes"
Eu corto as palavras
Como se fossem achas,
Toras cheirando à seiva
Picadas ao cair da tarde.

Torrões, ervas, uma leiva,
Pedaços duros de lenha
Para a fogueira que arde.

Troncos puros ou caixas,
Tua boca dizendo, venha,
No frio da minha tristeza.

Mas eu sei que não posso.

Se me pergunto o que faço,
Fujo da tua crua beleza.

Sou apenas menino na praça,
Atravessando a cidade lassa
Num domingo sem densidade.

Tudo em torno se esvazia,
As casas que fenecem,
As árvores que escurecem,
As silhuetas que perecem,

As meninas que crescem,
As coxas que esquecem
A certeza da tua alegria.

Resta uma espessa claridade,
Um espelho de janelas baças,
Nuvens cada vez mais baixas,
Aqui e ali, vozes escassas.

Uma tarde de domingo, assim
Entre o começo e depois, fim,
Quando quase tudo se entrega,
Como um corpo que se esfrega,

Parede contra parede, agora,
Poste contra a lua, lá fora.

A vida se dilui feito um traço,
Gole após gole, bala, balaço.

Mas, no meu cavalete de pintor,
Um segundo antes do estertor,
Se levanta uma imagem covarde,

A noite é um cavalo cansado
Que pisoteia a brasa da tarde.

44
CONCRETAMENTE
Depois do poema
   pós-tudo,
Lido no apagar da
       modernidade...
Eu já não me
iludo,
Nem jogo todas
 as fichas
       na
verdade.

Solitário,
                    Ex
   tudo
compenetrado.

Mas se também
   não
   mudo,
Tampouco me
   calo.

Quando posso,
   escalo
   falo,
   embalo.

Robusto, ainda corro
      pelos
      Campos,
              morro
         devastado.

Por vezes, até creio
    na
  liturgia,
Outras, durmo
  na
                litorgia.

Seminal
  Pós-utopia,
Pratico essa (i)moral
  vadia.

Per verso
Figura de
  palanque,
Sou como uma
  Serpente

  Mutante
Atrás do tanque
          dançando funk.

45
A UMA QUE NÃO PASSOU
(ORATÓRIO)

A rua, de tão silenciosa, rugia em torno.
Linda, ela havia passado em minha vida.
Agora só me restava um futuro morno.

Por ela eu abandonei o meu negócio,
Com ela descobri o trabalho do ócio.

Dentro dela encontrei as origens,
Fins, caminhos, o eterno retorno.

Ao lado dela me sentia no parlatório
Para mim ela era como um oratório,
Ao mesmo tempo sagrado e profano,
Ilusão, certeza, verdade e engano.

Relíquia, templo e armário.
Agora ela já não é uma passante.
Mas somente um altar do passado.

46
CONTRATEMPO

O tempo é o senhor das horas que nunca passam.
São apenas os anos e os invernos que nos abraçam,
Vestindo jeans com buracos, o cabelo desbotado.

Tempo, tempo, tempo, seu maldito velho safado,
Há quanto tempo eu não paro para te contemplar.
Ah, eu só queria ter uma janela aberta ao poente
De onde pudesse todos os dias te ver definhar.

Ou um relógio de longos ponteiros e sombras frias
Para te congelar ao cair lento da tristeza dos dias,
Tendo às minhas costas o vinho e a escova de dentes.

O hálito do tempo é sempre mais pesado,
Quanto mais nós passamos, mais ele perde o frescor.
A sina do tempo, na sua imobilidade eterna, ardido
É simplesmente nos encher de um líquido pavor.

Tempo perdido, tempo esquecido, tempo vendido.
O tempo não passa de uma falsa ampulheta
Pingando uma gosma velha na tarde solitária.
O tempo é senhor das horas que ele mesmo não passa.
Nós é que passamos por falta do que fazer.

47
CÓPIA DO BEIJO
Vem, vamos embora,
Peço pela última vez.
Vem, vamos agora
Que o dia lá fora
Já começa a nos ver.
Vem, vamos embora,
Vamos agora de vez.
Na solidão das calçadas molhadas
Meus passos não apagaram os teus.
Mas no vazio das mãos escaldadas.
Os teus olhos já não são meus.
Vem, vamos embora
Vem, vamos agora
Que logo ali na esquina,
Sob a luz que fascina,
No cruzamento das ruas, mora
A imensidão à espreita.
Vamos embora, vamos agora,
O fim não suporta demora.
Depois do ponto do ônibus
Começa uma rua estreita
Feita para o beijo de adeus.

48
CREDENCIAL
Dizem que eu faço lindos poemas.
Mas nunca serei de fato um poeta.
A essência da arte não me afeta.
Se escrevo é somente de pateta.
Meu verbo e os meus adjetivos
São de outra época. Mas qual?

49
IMPOSTO
Tínhamos um grande amigo.
Ele era cheio de ideais,
Fingindo nunca ter nenhum.
Trabalhou pra ganhar algum.
Pois não se vive só bebum.
Mas o que ele queria mesmo,
Assim, assim, meio a esmo
Era comer todas, todas elas.
Pela ordem, as mais belas,
Mas também as demais.
Queria beber todas,
Encher bem a cara,
Passá-las na vara,
Foder com as bodas do tédio,
Uísque como o melhor remédio,
Sem perder jamais a lucidez.
De certo modo, foi o que fez.
Queria mudar o mundo,
Enfiar o pé no fundo,
Do seu jeito, no peito,
Escrevendo em jornal

Uma história brutal,
Poema moderno animal.
Nosso amigo partiu.
Morreu tão cedo,
Mas viveu sem medo.
Sofremos a primeira baixa.
A vida sempre cobra taxa
De quem a vira do avesso.

50
Aspas
Eu sempre tive um fetiche:
Tirar a calcinha da palavra.
Deixá-la totalmente nua
Deitada sobre a tela,
Pernas abertas para a rua,
Exposta, entregue, bela.
Quem sabe banhada pela lua.
Ela me diria, vem, sou tua.
Então eu faria de minha lavra
Um poema com sangue e esperma.
Conforme o meu (mau) humor do dia
Eu a chamaria de amor ou de vadia.
Nossa relação seria um pastiche
À luz suave dos raios catódicos.
Viveríamos de amores metódicos,
Num corpo a corpo pelo gozo selvagem.
Quando, enfim, conhecesse seu corpo,
Como no retorno de uma grande viagem,
Eu a faria gozar em cada ponto,
Depois das virgulas de cada linha,
Até ela me confessar exausta:
Fui de muitos, isso me basta,

Ninguém me fez gozar como tu.
Eu, claro, como qualquer tonto,
Diria: viram, ela é só minha.

51
QUASE MÚSICA

Estou grávido,
Grávido de um poema
Que não quer nascer.

Estou ávido,
Ávido de uma gema
Que me faz morrer.

Morrer sem fim,
Morrer sem sempre,
Morrer crescente.

Uma morte áspera,
Na rua da frente,
Sob a luz econômica
da nova prefeitura,
Junto à próspera
Agência eletrônica.

Sinto a dor mais dura,
A violência mais pura:
Onde estão os versos?

Esse poema mexe
Há meses em mim.
Sim, ele cresce

Como uma árvore,
Um bicho grave,
Uma nostalgia, assim
Como se, de repente,
A palavra expirasse
E a luz naufragasse
Num poço com um jasmim.

Um poema é quase tudo,
Mas estou quase mudo.
Poema é quase vida,
quase, quase lida,
Quase música,
Dor sincrônica,
Certeza atônita,
Tristeza única.

Tantos dias e noites,
Sob os seus açoites,
Eu o persigo,
Eu o mastigo,
E o cuspo no lixo,
Como uma bagana,
O corpo de um bicho,
Uma paixão, um vício
Nada mais que o início
De algo que eu sinto,
Experimento, pressinto,
Uma ideia que não engana,
Mas não consigo parir.

Refluo como um barco,
Traço na rua um arco,
Dobra-me a força do vento,

Vem a passagem do tempo,
Ando como um animal,
Estranho, anormal,
Prenhe de um deserto,
Dando por muito certo
O nascimento do mal.

Por fim, eu me afasto
Como um navio sem mastro,
A estátua de um astro.
Jeans de cintura baixa,
Tiro uma grana no caixa,
Um lobo sempre casto
Tragado pelo amanhecer.

Preciso desse poema,
Como se de cada fonema,
Como se só desse tema,
Dependesse a majestade,
a verticalidade do poste
que se apaga com o sol.

52
Souvenir
Deixamos para trás os caules,
As lagoas, pátios, roldanas,
Os arames, os poços, badanas.

Sobre o bocal dorme o balde,
Alheio à porta que ainda bate.

Deixamos atrás de nós as doces figueiras.
Uma terra de areia e de manhãs dispostas.
Bem longe, metálico, um cachorrinho late.
Mas o silêncio recai no entorpecimento.

Agora o oceano se esconde do sol
E os rastros se perdem nas ondas.
Pela estrada ocre, casas e vales,
Vales e casas, animais no pasto,
Eucaliptos, florestas, videiras,
Olhos que mal dão para o gasto.

Paredes caiadas, ou um girassol.
Cacos queimados de porcelana azul,
Junto às rugas secas do grande umbu,
Já fazem relembrar do esquecimento,
Daquilo que não fomos, nunca, eu e tu.

Enquanto assim nos afastamos do Sul,
Por um novo caminho de veias expostas,
Onde os bois exibem suas enormes panças,
E os pássaros ensaiam esquisitas danças,
Uma criança com um vidro fosco
Espia do outro lado dos trilhos.

Através de uma janela sem brilho,
A mãe ralha com o seu filho,
Um homem esculpe um boneco tosco,
A tarde quente se espreguiça como um cão.
Compro um souvenir na loja de lembranças.

53
NAVEGAÇÃO
No fundo dos seus olhos vejo um lar
Como se fosse um louco de Melville
Atirando-se no vazio surpreso do mar.

Mas é apenas um morador de Alphaville,
Navegador solitário de um condomínio,
Abrindo velas de volta ao seu domínio,
Vindo do insondável universo do bar.

Cada garrafa é como um grande navio.
Cada rótulo, uma trêmula bandeira,
Todo bêbado, um velho marinheiro.

Cambaleando, embriagado de ondas,
Buscando o absoluto no convés,
Passos espertos, olhos de revés.

Continentes inteiros se revelam
Enquanto avança a nave baleeira,
Acendendo em cada homem um pavio.

O sórdido bar se chama O Pequod.
O garçom é sempre o lendário Aod.
A porta da bodega lembra uma eclusa.
Todos a conhecem por Balsa da Medusa.

Aventuras a cada gole se desvelam
Enquanto na porta do edifício,
Debruçado sobre o longo balcão,
Esse mastro firme da recepção,
Condenado por algum malefício,
Aguarda-lhe somente o porteiro,
Fumando uma bagana com o bicheiro.

O elevador singra um oceano bravio.
Oh, mar, como te afastas ao amanhecer.

54
Luto
A poesia morreu numa sexta à noite
Um pouco antes da novela das oito.
Eu morri depois do último capítulo.

Cortei os pulsos com um poema agudo.
O caco me fez sangrar sem fim, mudo.
Até o meu último suspiro, revi cenas,
As melhores e piores do meu passado.

Ainda me levaram ao pronto-socorro.
No meio do caminho, eu quase corro.
Mas ninguém pode fazer coisa alguma.

Os médicos não tinham antídoto algum
Contra um veneno assim desconhecido.
Eu mesmo não sabia de que morria:
Seria talvez de quase toda poesia?

Ou quem sabe mesmo de toda poesia?
Quase. Era só isso o que eu dizia.
Poesia quase toda? Quase parecia.
Quase poesia? Toda ela eu queria.

Toda. Quase toda. Quase. Toda.
Quase. Toda. Quase. Toda, toda.

Aos solavancos, absorto, eu me esvaía,
Pensando na dramática morte da poesia.
Já me via até num campo de marechais.

Aí nós fomos salvos pelos comerciais.

55
NORTE
O Sul é um lugar que não insiste.
Só mesmo em mim ele ainda existe,
Como um vento soprando à tarde.
Salvo se for mesmo uma superstição,
Antiga lenda de outra civilização.
O Sul é como um eterno naufrágio,
Terras sem fim num mesmo adágio.
Navios desplumados rumo ao oriente,
Velhas tias cuidando de um paciente,
O tempo parado por trás da hora.
Lentas correrias campo afora.
O Sul não passa de um conto,
Um homem frio andando tonto,
Estranha poesia ponto a ponto.
Um cavalo dormindo ao relento.

56
CANÇÃO DO EXÍLIO
Longe, longe
    estou
  sempre
      perto.
Em casa,
viajo

desperto.
Estrangeiro

no deserto
De cada quarto
de hotel.

57
BLASÉ
Sempre que mergulho em você,
Insondável continente úmido,
Eu me pego com esse ar cassé,
Rarefeito, delirante e árido,
Fantasma num espelho biseauté.
Sangue numa agulha de cristal,
Céu vermelho na palidez metal.
Transfigurado como um vaso,
Na solidão do teu corpo, morto,
Desembarco na crueza do porto,
Entre cavalos lentos de arrasto,
E uma leve melancolia no pasto,
Onde apunhalo homens ao acaso.
Aí, eu desligo o ar-condicionado
E levo meu cão blasé para o mundo,
De onde olho a magreza do poste.

58
APOCALIPSE
Marcela já se foi,
Cabelos presos na nuca.
O futebol já se foi.

O gato também partiu.
Enfim, desceu o pano.
Somente eu me guardei
Para ver o fim do ano.

59
BOM FIM
Depois do túnel,
Sob as palmeiras.
Antes do túnel,
Às sextas-feiras.
No meu princípio,
Está o Bom Fim,
Dia não, dia sim,
Até a última gota,
Que assim seja,
Da boa cerveja.
Minha droga e cereja.

60
HIPERATIVO
Na vida, eu sempre estive
Muito ocupado para morrer.
Por isso não me aposentei.

61
ETIQUETAS
Foi chamado de quase tudo:
Filho da puta, jornalista,
Gênio incompreendido, puta.

Aplicaram-me todos os rótulos,
Reacionário, sonhador, canalha.
Mas nunca me deixei apanhar.
Criei a minha própria pantalha,
Jamais estou onde me esperam,
Tenho sempre outra instância.
Surjo poeta por implicância.

62
Temperamento
Me deixa viver neste sul
Como um homem sem frio
Me deixa chorar este sul
Feito um riso no azul
Até se apagar a vertigem
Na margem cinza do rio.

63
Fluência
No plástico da garrafa de água
Translúcida, a mesma mágoa
Fazendo a tarde mais tensa.

Enquanto a pedra quase pensa.
Eu atravesso a longa avenida
Como um barco sem guarida.

Panos ao vento, amargo,
Desatento, ao largo.
Diante de mim, a vida,
Impalpável como uma anágua.

Eu me pergunto: o que é a vida?
A garrafa responde transparente:
A vida é o que a gente mente.

64
VIDRAÇA
A fome do escorpião
É feita de percevejos
Que correm pela lua.

Ao fim da escada nua
Esconde-se um avião,
Pendurado no espelho.

65
CALENDÁRIO
Ela chegou antes do tempo
Num tempo tão estranho
Pouco antes do inverno.

Estava magra e ausente.
E tinha pressa de parar.
Queria tudo e nada,
Mas aceitava um pouco.

Quando vi, já tinha ido.

Foi-se como um banho,
Chuva quente e triste,
Tarde no colégio interno.

Desde então, presente,
Sonha com o Rio.
Mas o Rio é só um tempo
Bem depois de janeiro.

66
Palomas

Não vou falar de rio,
Pois rio não havia.

Na minha infância,
Em Palomas, latia
Um cão para o trem.

O tempo dizia vem...
O resto era solidão.
Campos, uma estância,
Verde por horas a fio.

Palomas não era triste,
Nem sequer era triste.

A vida tomava sol,
Um pinheiro em riste
Mirava o céu em bemol.

Depois, ao cair da noite,
Ouvia o vento num açoite
Afundar navios de papel.

Então, vieram os vinhos.

E Palomas se embriagou.
Ondula, agora, senhora
Como uma cordilheira.
Romântica, fata Morgana
com seus ares de Toscana,
Assopra vapores no céu.
Da boca dessa velha louca
Escapa uma saudade rouca.
Gritos de guri ao léu.

67
ABSTRAÇÃO
Concretamente,
                        Eu sou um
anacrônico.
Escrevo depois
                        do avião
supersônico.
A metafísica é a minha religião
Não fui eleito.
Sou poeta   biônico.
Faço versos de votos.

68
USHUAIA
Com um poeta maldito,
Estive no fim do mundo.
Vimos o gelo da Patagônia,
Mergulhamos até o fundo,
Sempre na direção do sul.

Para nós era uma Amazônia
Sob um vento infinito.
Diante de uma geleira azul
Sentindo um sopro chileno,
Ele disse: é poliestireno.
Voltamos num silêncio,
Respirando o ar gelado.
O fim é só um tropeço.
O fim é só um começo.

69
SENTIMENTO
Eu sinto a enorme dor do mundo
Como se, mesmo sendo, no fundo
Essa fosse uma dor que não é.

Mas dói como uma folha caindo.

Eu sinto essa dor tão imensa,
Caminhando ao cair da tarde,
Como se uma lembrança tensa,
Uma água gelada que arde,
Me caísse sobre os ombros.

Então, eu vejo tudo que passa,
Tanta gente triste ou lassa,
Sempre os mesmos escombros,
Carros, ônibus e pássaros.

70
Uivo
Um dia, acordei gelado,
Já era demasiado tarde,
Passava das dez da manhã.
Ainda me virei de lado
Teci a renda do passado
E gritei: aqui, arde.

71
Joana Imaginária
Seu nome, seu nome,
Joana, Joana, Joana.
Não foi incendiária,
Não foi passionária.
Na clareza do sertão
Foi somente Joana,
De semana a semana,
Mulher de uma paixão.
Uma Joana imaginária,
Amante do Conselheiro,
Esculpindo por inteiro
Os santos da imaginação.

72
A senhora dos livros
Quando eu a conheci,
Ela ainda era muito jovem.
Velho mesmo era eu, pasmem,
na minha ignorância de menino.

Andarilho desde cedo,
Leitor, porém, com medo.
Lembranças não têm norte,
São pássaros tirados à sorte.

Eu não sabia que o cego Borges
Podia nela ser visto:
Pátios, casas, insisto,
Armazém, ruas, destino.

Era Dona Maria Ibarra
Uma senhora com livros.
Fundação mítica de Santana,
Ontem, como hoje, mañana,
Brasileira, castelhana,
Alba, luna e ventana.

Uma palavra antes do tempo.
Eu a via do balcão,
Antes de ganhar o mundo,
Por auroras, casas, átrios,
Fazendo de tantos pátios
Pequenos mundos pátrios.

73
Afinal de contas
Eu não entendo essa tática,
Da poesia como matemática.
Um poeta que conta os versos
Para que sejam alexandrinos
É como os verões londrinos,
Sonhos de homens perversos.

Por que essas sílabas somadas?
Oito, dez, doze, todas rimadas?
Por que uns quatorze versos?
Por que não quadros inversos?
Sonetos ou quem sabe cometas,
Que diferença faz essa ciência
Desde que não te intrometas
No frio da minha consciência?

74
Testamento
Quando eu morrer, caro doutor
Pregarei uma peça no meu editor
Vou deixar-lhe o que me exigia,
Um grande livro, uma obra-prima,
Um orgasmo, um bom porre de rima.
Vou deixar-lhe toda minha poesia.

75
Continência
Buscar o sentido da vida
É uma proeza anacrônica,
Um gato negro no telhado,
Uma menina, a Verônica,
Nua num cavalo malhado.

O sentido está no ritmo,
O sentido está no tom.

Gato negro ou malhado
Trotando junto à calha,
No campo dessa batalha.

Patas aladas do potro
Rasgando o vestido roto
Para não dizer mais nada.

76

MEDITAÇÃO
Em meu princípio está meu rio.
Um rio louro e frio como a tarde.

Há o tempo de semear e o de colher,
Assim como houve o tempo do poeta
Espalhar suas pegadas no parapeito
Das janelas enquanto o rato silvestre
Estilhaçava as vidraças a despeito
De tantos felinos numa tela rupestre.

Houve um tempo de sonhar a poesia,
Tempo de andar nu pelas praias
Espiando o farfalhar das saias,
Saias de outro tempo, outro poeta.

Quando os olhos convexos, falhos
Contemplavam o duro vazio da água,
Como se a pele fosse uma anágua
E a areia não passasse de um pó.

Neste tempo de agora, estou só.
Mas sempre estive, por um fio,
Mar sinuoso do começo e do fim,
Sabendo, como eu sei, enfim,
Que a bela tarde, essa vadia,
É tudo o que restou da utopia.

Antes de o oceano engolir o pus,
A crueldade e a maciez eternas
Das tuas pernas longas como a luz.

77
Quase
Na vida,
Eu fiz de tudo.

Só não fiz tudo
Que eu quis.

Nem sempre fiz
por que quis
Aquilo que fiz.

Mas sempre quis
Aquilo que fiz.

78
Ceninha
A rua é longa e toda de ferro,
As árvores são como um berro,
Reverberando o sol da tarde.

Um cão atravessa a ponte,
Uma velhota ainda carde,
O homem olha o horizonte.

A terra tem uma cor ocre,
Tijolos empilhados rugem
Desfigurando um terreiro.

Os bois tristes não mugem.
Somente o menino amarelo,
Mascando à sombra um farelo,
Espera feliz o sorveteiro.

A chuva lava a pedreira.

79
CONVERSÃO

Eu me tornei poeta numa tarde de sol,
Enquanto babás limpavam bundas sujas
E um flautista cansado, junto ao mar,
Comprazia-se num interminável bemol.

Nesse dia, sem mais nem menos, cujas
Horas passavam manchadas de fuligem,
Tragando, bebendo, chupando o ar,
Eu me tracei a rota dos que afligem.

Sem rimas, sem remos, sem lemas,
Com apenas o corpo inclinado,
Marchando, impávido, para o Leme.

Havia morte e sangue na calçada.
Mas era uma morte nua, jovem,
Um sangue prematuro derramado,
Sem glória, sem drama, sem tragédia.

O sangue daquela moça da comédia.

80
Reverso

A poesia é uma história em verso,
De um jornal apenas o inverso,
Embora cristalina e objetiva
Como uma manchete esportiva.

O poeta é o cara da esquina,
Vendedor de badulaques, bina,
Malandro, enganador, faceiro.

Ganha cada dia com muito pouco,
Bancando isto, aquilo, sapateiro
Bicheiro, barbeiro, louco,
Guardador de carros, trambiqueiro.

Mas o poeta que é mesmo poeta,
olha a morte nos seus olhos,
Como o goleiro que antecipa o tiro.

Então, é só correr para o abraço,
Até lhe saltarem as tripas.

81
Por dentro

A rua é um tapete escuro,
Que mal ilumina a morte
Com a luz baça dos postes.

Um cara avança suas hostes,
Passo a passo, sem apuro,
Revólver quase em punho,
Indiferente ao testemunho.

Bolinhas de gude repicam
No azul profundo da calçada,
Em que risos se multiplicam.

Tudo é cor, movimento, ruído,
Existência recém-passada,
Uma camisa de colarinho puído.

A música ensurdece a sorte,
Passantes rumam para o norte,
Tristes mulheres de minissaia
Atravessam longe da faixa,
Exibindo coxas e nesgas.

Estrila o apito do guarda,
Um gordo de calça parda.

Bem ali, no começo da baixa,
A guria de tomara que caia
Impassível, linda, fria,
Vislumbra o corpo duro,
contemplado com um furo,
Coberto pelo jornal do dia,
Que estampa a última notícia:

Aumenta a expectativa de vida.

82

CONTRAPROVA
Apaguei o cigarro sem metafísica,
Como um bêbado rasgando a bíblia.
Eu sei tudo, conheço tudo, tudo.
As provas da existência de Deus,
Apesar das cinzas, não as achei.

Saí do bar com os ombros curvados,
Pior, muito pior, olhos turvados.
Do outro lado da rua, despertei,
Apagando carros, acendendo placas,
Arriscando um passo na contramão,
Com meu casaco esgarçado nas costas.

Ri de Santo Ambrósio, Descartes,
Desses homens e das suas artes,
Tomás de Aquino, Santo Anselmo,
Milão, Paris, Lisboa, Palermo.

Ri da prova ontológica, translógica,
A prova lógica sem lógica, mitológica,
Como um ônibus e seus tristes camelos,
Uma mulher, uma deusa e seus cabelos.

Por toda parte eu estive como um cão,
Farejando o motor imóvel, a perfeição.
Se o homem existe, por que Deus não?

Se há ventos, ervas, folhas secas,
Se há rumos, insumos, riachuelos,
Por que não um ser mais necessário?

Atravesso a avenida com três saltos,
Tento agarrar a vida com mão divina,
Choro minhas penas para uma árvore.

Tudo, porém, se dilui numa bolha,
Simples volta sombria de esquina.
Eu vejo as longas pernas douradas.

Entre as duas fábricas paradas:
Todo o meu saber é contingência.
Peço atendimento na emergência.
Amanhece solenemente. Tem sol.

83
Post

Sim, eu serei tudo,
Depois de tudo,
Mesmo sem estudo,
Só posso ser tudo,
Afinal, sou o mundo.

Olho a rua e me vejo mudo,
Olho o mundo e me vejo nua
Como um homem que foi à lua:
Sou tudo por falta de opção.

Sou o poeta e a poesia,
A armadilha agora vazia,
A arte e o artista,
A prece e o pecador.

Não tenho janelas,
Salvo as da alma,
Frestas sem calma
Por onde navega a solidão.

Minha alma não é pequena,
Muito menos praia serena,
Não cabe embaixo da escada,
Sempre pode cair da sacada.

Sou o plágio e o plagiário,
Da poesia sou estagiário,
Ganho minha sempiterna jornada
Retalhando pessoas a machado.

Nunca me senti enganado,
Muito menos lúcido ou desabusado,
Sou tudo, cínico, cético, bêbado,
Com um mar fugindo de mim.

Sim, sei e digo, sempre foi assim.
Tenho o cinismo da morte viva,
o ceticismo da marca de cal,
A perplexidade de quem viu antes do fim.

Só posso ser tudo, pois nada tenho,
Nada a perder, lá de onde venho
Atravessando noites, praças e quebradas.

Antes eu fumava, olhando o frio das estrelas,
Depois, homem do meu tempo, joguei fora o fogo.
Agora, na palidez da manhã, olho estrelas.
                                                    Na tevê.

Do outro lado da rua, porém, não há saída,
Não tem tabacaria nem sorriso de acolhida.
Só há uma funerária que nem me espera.
Sou tudo, mas muito pouco para um caixão.

Sou tudo e minha alma é grande,
Não cabe num orçamento sob medida.
Não deixa espaço para a ilusão.
Depois de tudo, dormirei ao relento.

Enfim, do outro lado do mundo,
Continuarei bastante atento
Ao que sempre fui: eternamente o mesmo.

84

CAMPOS DE PASSAGEM
Hesito a cada dia, antes da primeira linha.
Pensei em começar pelo barro vermelho,
Que tingia o verde do Alto Grande
Com a trincada melancolia de um espelho.

Depois, com o sol ardendo nos trilhos,
E a lua desenhando o rosto dos meus filhos,
Tentei retalhar as ruas, os becos, as telhas.
Vasta ilusão que ainda se expande.

Eram campos extensos como uma miragem,
Verdes e tristes pradarias em milhagem.
Corriam para dentro de um sem fim de pastagem.
Cavalos, por vezes, cheiravam o ar de passagem.

Podia-se sentir o peso do tempo parado.
As aves que por ali passavam, ficavam
Espiando o homem sobre o arado.

Eu sempre quis agarrar aquele campo
Cobri-lo com cada gota do meu pranto.
Chuva, lama, guris, pessegueiros e garças.
A vida se arrastava, soltando algum pio,

Homens pendurados por um, só um, um fio
Na virada da tarde incendiada de cigarras.

85
CONTRABANDO
Abandonei o tráfico de armas
Para ser poeta ao fim da tarde.
Deixei a liberdade sem carmas
E virei prisioneiro sem alarde.

Vivo no corpo a corpo com palavras,
Que me dilaceram com suas garras.
Já não ouço o tinir das balas
Pipocando quando te calas.

Nas calçadas, o fogo que arde
É o das pernas que se perdem, longas
Como ravinas tragando homens pálidos.

Infinitos despenhadeiros, metralhas,
Repicar de luzes que tu estraçalhas
Com teus precipícios dourados.

86
SOB INFLUÊNCIA
Quando penso no que eu fui
Saio em busca dos meus livros
Sou um homem, sou um lobo,
Uma fera louca entre os crivos.

Ando pelo tempo como os ventos,
Olhando firme o que eu não vejo.
Ah, eu só queria ser uma canção,
Uma aragem, lua cheia e pradaria,
Nuvem suave, chuvarada e poesia.

Quanto mais eu corro contra a vida,
Mais encontro a barra do horizonte,
Feito um trem correndo numa ponte,
E eu sou apenas um menino grande
Tomando um longo banho de chuva.

Enquanto a vida é como uma uva
Espremida entre os meus dedos.

Eu só queria não ter estes medos,
Andar sob os pingos como letras
Salpicando páginas de borrões.

87
Poema de amor
Por teu corpo, por tuas raízes
Por teus seios, pelo que dizes,
Foi que eu desci estes vales,
Onde agora eu me contemplo.

Faz tanto tempo que estou em ti
Que já não lembro do que eu vi,
Salvo a pradaria do teu ventre.

Mal cheguei, disseste: entre.
Então eu me despi e me joguei.

Até hoje eu sinto que voei.

Um voo no escuro da lua,
Um mergulho na dureza da rua,
Uma viagem à curva do tempo.

88
SINAL DOS TEMPOS

Aquilo que eu penso, não digo,
Pois tudo se esboroa na fala.
Aquilo que eu digo não cala,
Pois toda fala morre comigo.

As palavras pensadas refletem
Um não sei que de pátios vazios.
As palavras faladas derretem
Como lembranças de amores vadios.

Olho para a cristaleira azul,
Repleta de lembranças sem cor,
Onde ecoam risos de meninos
E me encontro vindo do Sul,
Escutando o tinir dos sinos
Da capelinha por trás da estação.

Corro para jogar isso no papel,
Comovido com minha falta de graça,
Espantado com o vivo som do tropel,
Quase entoando aquela canção.

Mas papel não há mais onde pôr
Os fantasmas que me abraçam
Ou as luzes que se afastam.

Não é isso, claro, que me sufoca.
Nem posso por isso culpar a traça,
Menos ainda o moderno computador.

Sufoca-me pensar que perdi uma tarde,
Já vai para mais de quarenta anos,
Tentando agarrar um crepúsculo.

89
Piruetas

O vento perdeu o rabo,
Na feira falta nabo,
A gazela beija na boca
Meu pai foi ao cinema
Levou a amante risonha
Minha mãe disse: pamonha
Eu ainda gaguejo: fo-ne-ma,
Enquanto Luísa, a louca,
Tira o vestido e a touca
Para que eu a coma de quatro.

90
Travessia

O navio se perde desatento
Como uma borra de café.
Minha mão pousa na tua
feito um artigo de fé.

Ela anda assim, nua
Pela fronteira agreste.

Somos retirantes do vento,
Solitários cabras da peste,
Fugindo do que sobrou do mar.

Resta sempre esse nosso azar
Um gosto de sal, pedra de toque
Um olho cortado espiando ao relento.

91
Amor
Atravessei a vida num tropel

Primeiro um fogoso corcel
Depois, no dedo, um anel
Pacato ou violento coronel.

Por fim, um tristonho bedel
Perdi aos poucos cada decibel.

Já se foi a tarde num clarão
Antes, havia o clarão da manhã
À noite, tentei falar de paixão.

Jamais escrevi ao Papai-Noel
Agora, coleciono fagulhas,
Botões, porcelanas, agulhas
Me apago num colchão de milhã.

Os milhões queimaram numa fogueira de São João.

92
Recaída
Há dias, certos dias, estranhas tardes,
Não muito claros, um tanto duros,
Em que me dá uma vontade escura
De sair por aí em busca de apuros.

Uma fogueira arde dentro de mim,
O tédio rasga em mim uma vereda,
Corro atrás de sentimentos puros,
Vejo-me vagando por arrabaldes.

Seguindo a linha triste de um trem,
Bebendo com homens taciturnos,
Jogando sinuca com figuras esguias,
Olhando as pernas das gurias.

Elas são magras, são frias,
Erguem as saias por quase nada.
Persigo uma sensação, algo assim,

Um poço, uma brecha, sem fim.
Encho a cara com o peito apertado,
Mergulho nas entranhas das putas,

Misturo vinho, uísque, cachaça.
Um negro cubano acha graça,
Ouço quando ele me diz: vem.

Então, de olhos cerrados, vou.

Ele fala: certos dias, me vou por aí.
Certos dias me vou por aí, solito.

É tarde, a noite cai nos bordéis,
Bebo cerveja gelada em tonéis.

Volto a pé para casa ao nascer do dia,
Durmo até a próxima saída da alma.

93
RITMO

Cheguei a dançar tangos em arrabaldes,
A jogar truco em bordéis vagabundos,
Dormir em camas com lençóis imundos,
Morar dentro de magras prostitutas,
Esperando vencer prodigiosas lutas.

Cheguei a ensaiar passos debalde,
Vagando como um conquistador nato,
Depois de uns copos de vinho barato.

Vesti-me, às vezes, como cigano,
Misturando este e aquele pano.

Fui uma espécie de nômade suburbano,
Navegando no concreto da alma líquida.

Nas madrugadas, chorava dentro de mim
Um raso bandônion aflito por um sim.

Volto para casa de perna bamba,
Desejando que tu já não partas.
Adormeço cantando um velho samba.
Amanhã, serei eu a dar as cartas.

94
LAMENTO

Não posso cantar e nem quero
A esse Serrat que eu venero.
Não quero cantar e nem posso
A esse Vallejo de quem me aposso
Nas manhãs de chuva em Paris.

Não posso nem quero cantar,
Nas tardes de nuvens gris,
A essa voz que me faz corar,
Essa luz que me fez quarar
Nos varais da meia estação,
Na loucura da idade da razão.

Enquanto entorno copos de pastis.

Cantar desta terra sem luz
A esse Jesus caído da cruz
Lembrando da minha Palomas,
Onde velhas repetiam ladainhas
E os homens contavam bromas.

Não quero cantar e nem posso
A essa fé das nossas rainhas,
Senão às trovas desses peões
Que se erguem ralas aos céus
Contra ventos, estrelas e maldições
Como preces caídas dos chapéus
Desses velhos camponeses incréus!

Ao amanhecer tento laçar Deus com sovéus,
Mas Deus é apenas um poema que se perdeu.

95
Infância
A vida é um raio
Correndo na direção do poente,

Um vestido solto no cabide
Da cidade tristemente ausente.

Na tradição do horizonte repleto
De esperanças, miragens e viagens,
Feito as andanças de um filho dileto,
Corre um fio elétrico transpassado
Pela goma branca dos figos do passado.

Travesso, serelepe, destemperado,
O orgasmo termina na placidez do senado.

Depois, na cruz do tempo, anasalado,
O herói relembra o que jamais viveu.

A mala da viagem ficou na estação.
O trem partiu de madrugada, soluçando.
A vida coleia no céu.

Da infância nunca se é réu.

96
Retrato
Sempre sinto saudades de mim
Como um resto num prato.

Saudades do que fui e ainda sou,
Embora comido pelos ratos.

Navego de volta na tampa da vida,
Como se tivesse só passagem de ida.

Eu sei que preciso enganar o tempo,
Sair cedo pela manhã do isolamento,
Cair pela tarde como uma luz no vento.

Zarpar pela cidade atrás da revelação,
Um canto, um poema, um pálido remédio,
A voz da alma crua espantando o tédio.

Sinto saudades dessa aspereza da cama,
Dessa nua delicadeza da velha mucama,
Como se do passado evaporasse um ninho.

E tudo isso é somente uma fotografia,
Antiga imagem de um fantasma desperto,
Um croqui do meu eterno deserto.

Entro num bar, peço um copo de rum,
Bebo aos deuses que ainda verei.

97
Anacronismo
De mim sobrarão, talvez, só os poemas,
Esquálidos e até despedaçados fonemas
De uma longa e pálida narrativa sem fim.

Andarei sob o sol pelas areias dos lençóis,
Imaginando, quem sabe, bem outros arrebóis.

Emaranhado maranhense de lagoas crispadas,
Deixarei sim pequenas pegadas de marfim,
Ao longo de estradas de sangue e carmim.

Ficarão também as palavras de antanho,
Todas gravadas em finas placas de estanho,
Recortadas por um tortuoso rio castanho.

E eu,
Navegando a sota-vento.

98
IMAGENS
Aquilo que se vê, à tarde pela janela
Quase nunca tem a paz de uma aquarela.

Também pudera, estamos em outubro,
Tempo de semear vidros vermelhos
E de comentar o som de aparelhos.

Com um véu rubro eu me cubro
Enquanto as cigarras se retiram,
Abrindo caminho para as formigas.

Tento ver mais longe, bem distante,
Tento aparar com uma faca um instante,
Agarro a espessura do ar de um golpe
Desenho feras no céu com meus olhos.

São os olhos cegos de quem vê o futuro,
Os olhos luminosos de quem vê no escuro.

99
LINHA DO TEMPO
Como será o dia que alguém já não verá?
Como será esse dia depois da morte?
Como será depois dessa linha de corte?

Outro dia, chuvoso, eu vi esse dia.
Outro dia, ventoso, eu vi esse dia.

Como será o dia que eu não verei?
Outro dia, ensolarado, vi esse dia.

Que estranho é ver um dia que acabou,
Acabou para outro, alguém que se foi.

Todo mundo já pensou nesse dia.
Todo mundo já viveu esse dia,
Quando se pensa, parece um mistério.
Quando se vive, nada menos sério.

O dia que não verei, que não verás,
Faça chuva ou sol, é um dia igual,
Um dia como todos os outros, banal.
No entanto, bem ou mal, já não existe.

O tempo segue em frente, indiferente,
Catando plásticos, cigarros, cartões,
Alheio aos mortos, toda essa gente.

Será que verei o dia que não verei?
Minha resposta de agora é pungente:
Não sei!
Mas sei!

Um dia igual, sem igual, permanente.
Um dia exatamente como o de hoje
Como esta sexta-feira de julho.

100
Viagem
Faz tempo que não vejo o tempo,
Tenho sempre à mão um passatempo.

Entretempo, o tempo passa.

Vejo-o da janela do trem,
Vejo-o da janela da sala,
Um fragmento de luz rala.

Quantas páginas foram arrancadas
Em um único dia, como sonatas,
Da composição do meu ser?

Todas belas, todas de melancolia,
Pequenas melancolias patéticas,
Sem serem mortas por um dia,

Que terminam numa sinfonia
Sem mostrar as cicatrizes,
Pálidas e velhas matrizes,
Do meu rosto, um palimpsesto.

101
HOMENS AO MAR
No porto do Ceará não se embarcam mais escravos.
No Sul, os mais afoitos falam até em eslavos.
Onda alta, fúria negra e tambores silenciosos.
Rugem as matracas contra os senhores odiosos.

No porto do Ceará manda agora o Dragão do Mar,
A vida desses negros já não está suspensa no ar.
Homens altos, homens tristes, andam pela praia.
A voz forte ordena que dali ninguém mais saia.

No porto do Ceará não se embarcam mais escravos,
No Rio de Janeiro alguns já falam em batavos.
No porto do Ceará não se embarcam mais escravos.

É o fim de uma travessia velha como os anos.
Em São Paulo multiplicam-se os italianos
Trazendo utopias, porco dio e deuses romanos.

Uma negra esguia como o vento ou a miragem,
Corre mar adentro como o rastro de uma aragem,
Vai cantando, vai chorando, vai falando assim:

No porto do Ceará não se embarcam mais escravos...
Em Porto Alegre ainda se matam negros "por acaso".

102
Outono
Fui ao topo do morro numa manhã de sol
Ver a morte de perto e dizer adeus.

Às minhas costas, um homem e um girassol.
À minha frente, a vida fazia a curva.

Vi meu amigo posto nas mãos de Deus.
Voltei para casa com a visão turva,
Olhei demoradamente uma imagem de Zeus
Sobre a borda da estante dos gregos.

Depois, abri a janela para o horizonte.
À frente, lia-se: aqui, chaves.

103
Matéria líquida
O rio é uma metáfora do rio,
A vida como uma correnteza.
O fim suave da última certeza.

A vida é uma metáfora da estrada,
O rio como uma falha na entrada.
O rio é como uma brecha no olho,
Ferida e cicatriz no sangue que colho.

Um homem claudicando na madrugada.
Quem ainda se pergunta: quem sou?
Quem ainda se lembra do amanhecer?
Uma luz translúcida de nem ser.

Rio longo e indômito, deus escuro,
Poeta duro, um mercenário ainda puro
Correndo na franja laranja da manhã.

Como a água escorrendo numa esquina,
Martelando a minha, a nossa sina,
Um coro repetindo águas passadas,
Um rosto de mulher, a assassina.

Nunca mais se ver na mesma fonte.
Para sempre se ver como futuro.
Águas represadas sob a ponte.

Até a placa: serviço de cartomante.

104
PONTO DE FUGA
Quando tudo se perdeu, vim me refugiar aqui.

Na poesia.

O que se tinha perdido não contei, mas sei.
Tua bocetinha úmida e quente como um pão saído do forno.

No passado havia missas e bailes, cantos e vales
Discursos, passeios a cavalo e estradas de terra.
Por vezes, contigo, ou sozinho, eu subia a serra.

Folheava velhos cadernos, relia antigos livros,
Cobria de terra meus passos sem sair do lugar.
Estava em guerra comigo e com meus antepassados.

No meio da noite, com um copo na mão, navegava.
Em cada porto, uma mulher, um homem, embarcação.
Reli Camões, reli Rimbaud, bebi conhaque.
Passei longas tardes vendo trens na estação.
Tentava agarrar a eternidade dos acenos.

No retorno, via mulheres segurando as saias,
Meninos correndo atrás dos seus cachorros,
Homens lentos tangendo talvez pensamentos.

A chuva que, às vezes, surgia numa curva,
Trazendo ventos, lembranças, nuvem turva,
Me fazia fechar os olhos e arrumar a gola,
Se tivesse, quem sabe, seguraria a cartola.

Eu cuidava os rios dormindo nas baixadas,
Repetia expressões como alma calada,
Ondas encapeladas, águas irisadas.
E quando dizia assim águas irisadas,
E repetia, com um calafrio, águas irisadas,
Sentia que toda minha alma se encapotava.

Aí eu via, ainda, lavradores solitários,
Bois avançando com passos pesados como um mugido,
Árvores de um verde tão negro que me enlutava.

Eu ficava por algum tempo tão triste, melancólico,
Que me assustava, dobrava-me uma cólica,
Cagava no mato, sentia a umidade na bunda.
Em seguida, refeito, corria pelos campos,
Soltava gritos estridentes, gargalhadas,
Ruídos, sentimentos do mundo, do fundo, de mim.

Nessa época, deixei de crer na revolução.
Ela saiu de mim, não como uma explosão.
Nem mesmo como um suspiro.
Saiu de mim como um estampido.
Não foi um peido.
Um tiro no coração.
Sangue no pasto.

Ali, de quatro, minha última ilusão.

105
Iluminismo

Meus passos ressoam em Montparnasse.
Acendo a lamparina, depois o lampião.
Passo horas num cruzamento sincero:
Falguière, Vaugirard, Cherche-midi.
Mas o que faço, aqui, agora, sem ti?

Remexo nos bolsos, o que ainda quero?
Um salto no escuro, um grito no avião,
Horas no escuro soturno do metrô,
Um homem de branco me dando um passe?

Então, driblo Voltaire e marco um gol.
Um drible na estátua, um gol de placa.

Aqui viveu e morreu João da Vaca.

106
SONAMBULISMO
Acordo de madrugada e bebo no gargalo com a boca gelada,
Atravesso a praça e me estendo na calçada esburacada.
Olho para o céu e vejo a noite fria sem qualquer mágoa.
Procuro me tapar com os braços e com as lembranças.

O calor que me invade sai de mim como uma baforada.
Viro o rosto para o chão e sinto cheiro de tristeza.
Tateio com as mãos sujas e encontro folhas de jornal.
Um fio de luz melancólica me deixa ler a manchete:
"Homem compra cama redonda de um milhão de dólares".

Volto para casa, abraço a geladeira, bebo na leiteira.
O álcool escorre pelo meu pescoço como uma baba.
Ligo o computador e escrevo este poema de lotação
Que envio, à moda antiga, a um amigo por fax.

É tarde. Preciso dormir. Sou motorista de táxi.

107
AUTORRETRATO DE MEIO SÉCULO
A tábua não tem salvação, sendo apenas pássaro na manhã.
A tábua é como uma irmã na correnteza da estação.
A gente arruma, afina, refina e cobre de verniz.
Nela nada se escreve, muito menos o que se diz.

O mundo é tábua, estação, correnteza e manhã.
Mas se me perguntam: por que pássaro?
Mas se insistem: por que manhã?

Mas se persistem: por que correnteza?
Mas se debocham: por que mesmo tábua?
Faço de conta que não é comigo, tenho 50 anos.
Tenho 50 anos e isso me autoriza alguma coisa.

São cinco décadas alisando tábuas, ruas, perfis.
Tenho 50 anos de idade e a ciência da cidade.
Tenho 50 anos de vida e a certeza da descida.

Tenho 50 anos de estrada e a sina já bem talhada.
Tenho uma mala de lembranças, atalhos, lambanças,
Um seguro de vida, fundo de garantia, uma cirurgia.

Tenho 50 anos de viagens, andei de casa até aqui.
No começo, tudo se distancia, pensamos estar longe.
Depois, tudo se reaproxima e nos descobrimos tão perto.

A grande viagem não passou de um salto no incerto.
Fazemos as contas dos mesmos quinhentos quilômetros.
Houve um tempo, eram como cinco mil, intransponíveis.
Hoje, não passam de 50, ali, ali, tão disponíveis.

A grande viagem de volta é uma tábua sem inscrição.
Apenas a bagagem é diferente, um pouco mais pesada.
Tenho 50 anos de idade e uma mala cheia de planos.
Planos de aposentadoria, de sabedoria, alegoria.

Quero fechar o passado e abrir uma pousada na praia.
Quero fechar a praia e abrir um bar do passado.
Quero escrever o livro que sonhei aos 20 anos.

Quero apagar o livro que escrevi aos 30 anos.
Quero cantar o samba que esqueci no morro.
Quero me embalar na rede sem pedir socorro.

Tenho 50 anos de idade e alguma leitura.
Tenho 50 anos de idade e certa gastura.
Andei por aí apagando fogos e acendendo velas.
Fiz da vida aquarela, passarela, vias paralelas.

Quando parti, uma carta demorava quase um mês.
Havia tanto a dizer, tanto a saber, tanto a lembrar.
Seis meses longe de casa e era um mundo que mudava.

Agora que volto, 30 anos depois, tudo está igual.
Mas as mensagens chegam em profusão, muitas por vez.
Nada tenho para dizer, saber, talvez lembrar.

Tenho 50 anos e toda a memória do que fui.
Só aquilo que prometi não ser é o que rui.
Tenho 50 anos e alguma visão do meu futuro.

Tenho 50 anos e toda a memória do escuro.
Um sol da meia-noite molhado num daiquiri.
Um frio polar, a alma só não é daqui.

Tenho 50 anos e os sentimentos imundos.
Vi na televisão mais guerras que Ulisses
Nas suas andanças viu águas e terras.
Tenho 50 anos e um quarto nos fundos.

Vejo da minha janela serras e poentes.

Por vezes, me abalo com amigos doentes.
Mas sempre me levanto e relanço os dados.

Para me alegrar de tristeza, ouço fados.

Tenho 50 anos e a harmonia das décadas,
Uma composição barroca e dodecafônica,
Uma sinfonia de gritos, a paz afônica.

Tenho 50 anos e uma lesão no joelho,
Uma sinuosa rachadura no espelho,

A foto de Bardot que já não sorri.
A certeza, porém, de que vivi.
E, por birra e polêmica, viverei.

108
PEGADAS

Teu corpo era um imenso areal,
Quente e suave, par do oceano,
Praia desnuda, pedra de sal.
As ondas batiam nas tuas coxas
Como gaivotas pegando peixes.

Teus olhos negros eram feixes,
Feixes de luz, fogueira do sol.

O vento lambia os teus ombros,
Eriçando os vastos coqueirais.
Monções irisando marcas de cal.

Minhas mãos perseguiam as águas,
Silenciando velhas mágoas,
Sumindo em precipícios cálidos,
Espalmando barras no horizonte.

De repente, eu me via marujo
Amargando a aspereza do mar,
Recolhendo conchas, ossos,
Baús sem tesouro, carcaças.

Há em cada corpo uma ilha insondável,
Em teus seios um mistério inviolável.
Em cada porto um navio abandonado.

Aquilo que achei nessa viagem,
Guardei, esqueci, apaguei.

Murmurei...

Atraquei.

Hoje, sou pescador de lembranças.

109
CORTESIA
Até agora, a vida nada me destina,
Salvo, talvez, por obséquio, a sina
De ser um "cavalheiro" andante.

Vou andando por essas ruas
de luvas de pelica e cartola,
smoking, Rolex, fraque, estola.

Contemplando paredes cruas
Sujas, vastas, algo nuas,
Cenas, obscenas, gráficas,

Luminosas, algumas, de neon.
Gigantescas, pornográficas,
Fantasmas de papel crepom.

Tapetes de ourivesaria
Tecidos com a palavraria
Dessa amargura do alvorecer,
Enquanto, elegante, bato bola.

Grafites como legendas
Dessas antigas lendas,
Pirâmide invertida
Da arte controvertida.

Mas o que verte mesmo nas calçadas
É sangue, suor, esperma e medo.
Jurisprudências das mesmas alçadas
Que as sentenças feitas de arremedo.

Converso com o jornaleiro,
Cumprimento o jornalista,
Passo moças em revista,
Observo o papeleiro.

Faço uma fezinha no jogo do bicho.
Pego papel do chão e jogo no lixo.
Se não ajudo velhinhas a atravessar na faixa,
Ando horas compondo versos de cabeça baixa.

Quando todos, enfim, vão trabalhar,
É minha hora, morosa, de batalhar.

Dou duas solenes cambalhotas,
Imaginárias, secas, gordotas
E corro para a roda-gigante.

Lá de cima, sem minha armadura,
Vestindo a nudez mais pura,
Vejo marchar os elefantes
Para morrer nos escritórios.

Burocratas, funcionários,
Bancários, um estelionatário,
Todo aquele tropel planetário.

A cidade me chama de maluco
Porque não quero virar suco.

To...mate!

Morro antes.
Como a mão estendida.
Rastro de gaivotas nas raias
Sob o som monótono das vaias.

Amanheço no necrotério,
Perdi o fundo de garantia.
A fumaça branca coleia adiante
Num céu de franjas vermelhas.

Amanhã tem futebol...

110

GENEALOGIA
Depois, eu fui embora.

A primeira imagem era aquela.
Uma floresta úmida e vasta,
O capim, cabeleira basta,
Eucaliptos cortados ao meio.

Minha mãe ainda dava o seio,
Ovelhas pastavam no recreio,
Uma lagoa de águas morenas
Abrigava patos e porcelanas.

Ao cair de algumas tardes de verão,
Enquanto o trem resfolegava na estação,
Eu sentia o cheiro daquelas toras
E recortava cisnes nas aragens.

Perdizes, gaviões, terneiros...

Por que aquela floresta de troncos,
Pequenos homens tristes e broncos,
Ergue-se ainda nestas madrugadas
Para me embriagar com seus cheiros?

Odor de figos, goiabas, geadas...

Eram seres feitos de serragens,
Elefantes de marceneiros,
Rinocerontes de alabastro,
Cavalos do Dr. Alencastro.

São Luís do Maranhão à sombra.
Nínive na ponta de um mastro,
Palomas girando como um astro.

E a chuva, repentina, imóvel
Como uma foto de calendário,
Benzendo o velho campanário.

Então, eu vim embora.

111

INVENTÁRIO
Sexta-feira, o corpo se emancipa da roupa
Como um operário se livra do fardamento.

Um segundo antes de o orgasmo bater continência,
O cérebro toma conta do corpo num entorpecimento.
É alga marinha, salto no fosso e samba de sobrepeliz.

Almoço, mariscos e vinho branco no calabouço.
E tudo se precipita como num salto com vara,
Uma mulher negra e linda deixando o país.
E eu, todo de vermelho, no fundo do poço, feliz.

Uma menina, quinze anos, dezessete, vá lá,
Me olha caindo e lança um abano,
Que com a mão enluvada a baralho.
Ela ri inocente e grita: caralho.

Vertigem, fuligem, proibido fumar,
Porcos, revistas, gols e um muar.
Café com pão, café com pão, não!

Como pegar a essência do que não sabemos?
Como declarar a independência do que não vemos?
E ainda baixar os juros do Banco Central?

Como levar a pálida Lorena para a cama
Sem ter de voltar aos tempos de Cabral
E ainda lembrar da fórmula de Bhaskara?

Quem não queria liberar a consciência,
Deixar a mente fluir como quem mija,
Uma palavraria densa, forte e rija
Irrigando os livros da Academia?

Vem, contudo, o momento mais grave,
A vida batendo, de novo, na trave,
De Fernando Pessoa a Ninguém,
De bailarino bêbado a refém.

E essa certeza de que a revolução já foi,
Levando com ela intelectuais e generais,
Vanguardas, retaguardas e seus funerais,
Poetas, comandantes, mandantes e que mais?

A pizza de calabresa, porém, não veio
E o árbitro não deu os acréscimos justos.

O ketchup me abre a porta de um devaneio,
Faço amor nas horas vagas com marafonas.

A vida, sempre ela, de permeio
Nunca deixa de cobrar os custos.

Contas, musas, uma noite sem freios,
Cavalo inconformado livre dos arreios.
O corpo se consumindo de tanta fome,
Essa fome de se dar como um vinho.

Nessa hora fria, no avançado da noite,
Resta só a verdade áspera do açoite,
Sair pela rua nu andando sobre a calha,
Enquanto a esperança, a pobre, trabalha.

Desejo de pobre e de louco não falha...

Porém,

Deus está encolhido nalguma nuvem.
Não chamou coletiva nem apontou o dedo,
Não respondeu aos que sentiram medo.
Do seu trono raios não refulgem.

Como posso agora saber do seu destino
Se não lembro os afluentes do Amazonas?

112
Os pássaros

Quem não se emociona com os pássaros
Que partem para o outro lado do mundo?
Será que eles sabem mesmo aonde vão
Ou, como os homens, voam para o fundo,

Fundo imenso do tudo, do nada, da imensidão?

Há em cada pássaro uma solidão desplumada,
Como se cada ave solene se despisse no ar,
Mantendo na revoada a vida por um penar.

Canto e esperança sobre a água salgada.

Será que os pássaros sentem saudades do sol?
Levarão os pássaros na bagagem uma lembrança?
Memória das pedras, dos ninhos, de um arrebol?

Existem pássaros que voam em esquadrão,
Podem ser vistos zumbindo no azulão,
Quem são eles, esses estorninhos?
Por que não escolhem outros caminhos?

Há todo tipo de viajante e de viagem.
Para onde vai agora este albatroz?
Por que seu voo parece assim atroz?
Por que seu olhar parece assim feroz?

Acumulam esses pássaros milhagem?
Ou lhes basta um saco de aniagem,
Um aceno, um piar e uma paisagem
Desde que sigam sempre a avançar?

A andorinha sozinha não faz verão,
Talvez por isso viaje em excursão.
Será que nas alturas os pássaros rezam
E pedem ao seu Deus por tempo bom?

Como esses pássaros lembram homens, viajantes,
Como lembram esses grupos de retirantes,
De trabalhadores, de ansiosos emigrantes
Buscando aconchego nas asas uns dos outros.

Por vezes, na aspereza do céu, em alarido
Parecem querer cobrir o silêncio ferido
Pela tristeza incontida da retirada.

Que mágoas e inquietações levarão os pássaros?
Terão a certeza de encontrar casa e comida?
Terão deixado sem despedida algum amor de estação?

O que separa os pássaros dos homens?
Será mesmo o que se chama de instinto?
Conhecerão os homens a alma do absinto?

Ou, feito os pássaros, seguem em repontes,
Taciturnos ou ruidosos, bebendo um tinto,
Viajando para esses velhos novos horizontes
Como quem tenta decifrar a natureza do mar?

113
Ex-finge
Dize-me com quem sonhas
E eu te direi quem és.

Dize-me quem vês
quando te olhas no espelho
E direi que são teus outros eus.

Dize-me de quem nunca esqueceste
E eu te direi quem quase foste.

Dize-me como te lembras de mim
E direi de amores que foram meus.

Dize-me a quem jamais negarás afeto
E eu te direi quem tu, talvez, serás.

Mas dize-me tudo isso como de madrugada,
Quando te sobressaltas por um nada,
E passas horas a ver estrelas no teto.

Dize-me, enfim, como amanheces
E eu te direi o que de mim,
Apesar das garrafas de gim,
Desde sempre desconheces.

Um lobo contemplando a lua em silêncio.
Diante de um trem que uiva para o céu
Antes de se perder no fundo vermelho.

Um urso sumindo na lonjura do gelo
Com um escaravelho brilhando no pelo.

Uma estátua capturando o movimento
Da máquina tragando o firmamento.

Dize-me com o que tu deliras
E te contarei meus pesadelos.

Então, enfim, sem falsidade,
Entraremos juntos na eternidade.

114

PASTICHARIA
Não atravesso montanhas geladas nem recorto oceanos,
Contento-me em reler Pessoa antes da novela das nove.
Não enfrento maravilhosos e insondáveis perigos há anos.
Divido-me entre o lotação Bom Fim e noites de solidão.

Detesto cerrações, brumas e intermináveis nevoeiros,
Embora não saiba, que eu saiba, o que os diferencia.
Sei apenas que o cinza das manhãs é feito de branco
E que Rosa, a fogosa, nem sempre se satisfazia.

Outro dia, tive uma ruptura de menisco.
Bem sei que isso não se deu por virtude,
Mas me caiu assim na vida como um cisco,
Cobrando, repentinamente, uma atitude.

Um cisco afundando um barco à deriva.
Um toco me castigando sem esquiva,
A chuva lavando encostas antigas,
o menino acabando-se antes do coito.

Por ter nascido gauche ou travesso,
Coloquei o gelo no joelho direito,
Enquanto o esquerdo virava do avesso.

Falo sem medo desse meu enorme defeito
Porque não posso sozinho operar o mundo
Nem salvar a humanidade da soja transgênica.

Sei que na poesia teve um sem teogonia
E outro, mais triste, sem metafísica.
De minha parte, só me falta a arte
De recortar papéis e fabricar navios.

Procuro, para falar do mínimo, uma sintaxe
Que fosse o máximo para quem acaso me amasse,
Mas me pego falando sozinho diante da pedra
Que nem está no meu caminho, a pedra sem fé.

Pedra que é sem tempo e sem dimensão,
Assim como meus aviões envelhecem no hangar
Enquanto eu esfrego o piso do estaleiro.

Pedra que é como o corpo, sólida construção
Que vai se esfarelando todinha aos poucos
Até se fundir com a imaginação dos loucos.

Busco, defronte, o sorriso do dono da tabacaria.
Tabacaria não há mais, somente uma lavanderia.
Vivo nesta era, pós-fera, estéril, higiênica.

Nas madrugadas, faço sexo virtual
E já me consolo: qual é o mal?

Certa noite, exilado numa cervejaria,
Examinando o futuro e bebendo ao passado
Invoquei os santos, os filósofos e os bantos.

Tudo em vão.

Depois disso, dediquei-me à imitação.
Foi então que um espírito me falou:
Não é você quem copia. É a vida.
Tentei retrucar, ele já estava de saída.

Eu não queria contrariar o grande poeta,
Porém, tenho de confessar: já fui tudo:

Solene, grandioso, vagabundo, imundo,
Guerreiro, amado líder, gênio e bedel,
Amante latino, malandro, ladino, Nobel.

Apenas disso ninguém ficou sabendo.

No meu mundo, eu sou uma lenda
Que goteja ironia por uma fenda.

115
DISPARADA
Velha e gasta, claro, é essa imagem
Da vida interpretada como uma viagem,
Loucos tragando fumaça nas alturas,
Uma moça com girassóis e verduras.

O cavalo contemplando a pastagem.

Que paz no seu olhar sem fogo!
Miniatura de uma serpente marinha
Negros dançando lembranças do Togo.

Idas e vindas a um lugar chamado Luanda,
Um menino esperando o Espírito que Anda.

E eu, sempre eu, lambendo as fotografias,
Relendo, deitado no feno, o lide das nuvens,
Enquanto pássaros bicam pitangas e seios.

Nessa viagem começada no berço,
Muitas vezes debulhada num terço,
Uma grande parte é feita de ausência.

Caminhante fazendo seu longo caminho
Caminhada que sempre se faz sozinho,
Deitando nas tardes de sol na selva
Para fugir do que somos, fera na relva.

A viagem é como uma alucinação,
Tem marcas, mágoas, uma canção.
Cada um engole golfadas de abismo
Enquanto eu, eu, sempre eu, cismo.

Cismo com a transcendência, com a metafísica,
Cismo em abrir de uma tragada a porta da percepção,
Cismo com o valor da filosofia e com o preço do pão.
Cismo em ser rouco, ser pouco, deitar com Maria.

Nessa tal caminhada da vida
Só com a passagem de ida
A embarcação é um corpo que cai.

116
FACHADAS
A minha grande obsessão foi a tarde.
Alguns buscam compreender a noite.
Há quem renasça a cada alvorecer.

Eu sempre quis decifrar o enigma da tarde.
A tarde que vejo da janela como um silêncio.
São paredes amarelas, cinzas, até vermelhas.

Olhos enfileirados que parecem cerrados,
Casas de incontáveis aberturas e telhas,
Telhados que fitam o céu insolentes.

Nas tardes, pelas ruas, vi homens, ambulâncias e cães,
Mulheres lentas e sérias puxando carrinhos com cartões,
Senhoras elegantes ou finas desaparecendo nas esquinas
E ruas magras espiralando-se como veredas nos sertões.

Na vida, compreendi muitos mistérios.
Entendi, por exemplo, o valor do pi.
Aprendi a disposição da tabela periódica,
Percebi a relação do quadrado da hipotenusa.

Só não revelei ainda da tarde os critérios,
Nem sequer a biografia do mendigo que ri.
Menos ainda a história da puta metódica,
A bela, a infeliz, a desdentada musa.

A tarde é um pouco de tudo isso,
A noite sem negrume e sem viço,
Intervalo entre o fim e o tropeço.

A hora do lobo dormir à sombra
E da árvore se recolher para beber.

117
Mulher
Chamas a noite de vadia
Pelo desejo que sentes
de te perder dentro dela.

Esse medo que desde menina
É o que mais te fascina
No enigma da solidão.

Querias crescer antes do tempo
Para ganhar as ruas e estradas
E apagar sozinha as estrelas
No outro lado da imensidão.

Fugias na ponta dos saltos
dos lindos sapatos azuis
para iluminar as vitrines
com teus olhos de cobalto.

Desde muito cedo sabias
Que nada te impediria
De navegar até o alto
Da cidade incendiada.

Chamas a noite de vazia
Esquecendo que mentes
Por medo de encontrar
Nela o que perdeste
Na passagem dos anos.

Perdeste dias, homens,
Amores, algumas flores,
Ônibus, bonecas e donos.

Chamas a noite de cadela
Porque não queres que ela
Te surpreenda sem roupa
À espera do último amante.

Mas sabes que viveste
E que nada pode lavar
Essa marca da tua boca.

Que importa se te chamam
De faminta ou de louca,
De loba ou de mulher?

Só importa que te reclamam
E lembram de tuas promessas.

Foste no tempo caravela,
Tigresa, pintura e igreja,
Mar interior e ravina.

Entre as tuas pernas,
Nesse despenhadeiro,
Naufragaram os bravos.

Tantos acenderam velas
No seio do teu altar
Que não se tem contas
De quantos escravos
te pediram correntes.

Cheiravas a jasmim,
A canela, a cravos.
Nesse tempo, sabias
De ti como de mim.

Depois, enfim, a noite,
Serena, se encarregou
De desiludir o amanhecer.

118
REFLEXOS
Avanças altiva pela rua deserta
Com teu melhor vestido vermelho.
Te foste sozinha colher avencas
Nos jardins do cemitério marinho.

Tens agora a malha grudada no corpo
Como se a chuva te lambesse os seios.
Nunca estiveste mais triste e bela.
Desnudo esse ventre em que me aninho.

Por que te perdes assim no aguaceiro?
Por que nunca sei do teu paradeiro?
Por que temo que de mim te percas?

Teus olhos expressam meus receios
Enquanto o temporal me desperta
E raios correm apagando espelhos.

119
PERCURSO
Ah, essa vontade de virar o jogo
E de saber no que ainda apostar,
Esse projeto de engendrar o novo
E de gozar como um adolescente.

Ah, essa sua obsessão pela vida
Como um acontecimento sem greve,
Uma tarde sem amargura nem poente,
Um caco de porcelana sem nostalgia.

Ah, esse desejo imenso de continuar,
De reinventar uma parte de si mesmo,
De aventurar-se por aí, assim, a esmo.

Esse desejo intenso de acreditar
Que nem tudo terminou, que em breve
O toque do iphone anunciará o futuro.

E Evelise surgirá nua do escuro.

120
CALEIDOSCÓPIO
Umas garrafas de licor amendoadas
Essas garotas tatuadas e douradas,
Uma máquina remoendo grãos de café
Três estivadores transpirando em pé.

Um rio marrom correndo para o mar,
Esgoto a céu aberto enchendo o ar,
Hangares amarelos na rua do porto
E um homem manco, risonho, torto,

Vendendo seus bilhetes coloridos
Enquanto mulheres de seios grandes
Oferecem os prazeres mais baratos
Para marujos saídos de retratos.

O azul celeste é só uma pátina,
A prostituta diz que é a Fátima,
Uma luz do passado acende e apaga
Sob a densa fumaça dos baseados.

Os ruídos do bar se espiralam
As cores zumbem feito balas
As vozes se perdem como malas.

Há navios prontos para zarpar,
Amores que não podem embarcar
E a boca que queima como círio.

Nos lábios tisnados de carmim
Há um rastro triste de marfim,
E um alemão chamado Porfírio
Com um dragão por tatuagem.

Essa cena é sim a imagem
Do cotidiano melancólico
Desse mar oceano bucólico
Pendurado na grande cidade.

Um homem acaba de desaparecer,
Silencioso, ágil, para sempre
Engolido pelo bulboso ventre
Da metálica e grave embarcação.

Oh, que portentosa África!

121
AMOR SEM FIM
O que se pode ainda dizer do amor
Quando esse amor já não desespera,
Ranhuras nas manhãs descoloridas,
Raios de sol na combustão da ferida.

O amor é como um rastro na candura,
Ponta de faca lacerando a secura,
Pás de um moinho rangendo à espera,
Ruptura, aperto, ciclo e esfera.

O amor é um corpo sob a gaze escura,
Ponte, convite, abraço e fundura,
Um animal achando o caminho de casa.

O amor é um crime não premeditado,
Uma viagem sem o horário marcado,
Sopro no coração do predestinado.

A vida que expira com um café.

122
Navio fantasma
Aí eu saí para compreender o cotidiano
E quem sabe até lhe dar uma metafísica.
Logo eu que fui mal na aula de física.

Logo eu que nunca aprendi a fumar
Nem mesmo com minha amante tísica,
Que me ensinava filosofia e sexo anal,
Certa de que a vida jamais é anormal.

Na rua, senti como o real é espesso,
De cortar com faca, como um gesso.

O real é engraçado, tem uma fundura,
Imensa e inexorável como uma cova rasa.
Essa fundura cresce com a nossa gastura.

Os carros parecem todos tristes e cegos,
Os passantes locomovem os seus egos
Como cachorros que mijam nos postes.

O vizinho da tabacaria na sua solidão
via nessa intransparência um degredo.
Por que será que eu vejo um segredo?

Um enigma mais inviolável que o vinho,
Um mistério que não me sai do caminho,
Mais hermético do que a obra de Kant
E os móveis rústicos de uma brocante.

Cansado de guerra, quis refúgio na poesia,
Bebendo copos de uísque sem gelo na maresia.
Apalpando o sexo com minha mão enrugada.

Então minha voz embargada se eleva num épico:
Não terei a coroa, o manto e o cetro do rei,
Nem o corpo escultural da musa na minha cama,
Jogarei sozinho nas longas noite uma dama.

A quem direi, depois de sorver o álcool,
Sou teu, sempre teu, sou teu, eu sei.

Por que esse sofrimento, essa ferida aberta?
Por que esse desejo de viagens ao deserto?
Se eu fumasse, talvez compreendesse o poeta.

123
FALOSOFIA

Dizia o filósofo: ai daquele que carrega desertos.
Disse o esperto: ai daquele que semeia tempestades.
Nos desertos, há por certo, esquecimento do ser.
Nos espertos, há decerto, rememoração do ente.

A vida é linguagem, faca nos dentes, um poente.
De um filósofo a outro, recente, ser é ter.
Ter poder, ter conceitos, ter projetos
Mesmo que seja o projeto de não ter conceitos.

Filosofia como ferramenta, pensar sem defeitos,
Sem metafísica nem aporias, uma nova ontologia
Feita de cotidiano, intuição e até de poesia.

O deserto é uma fina camada de tempo granular.
O tempo é uma densa película de areia especular.
A existência é o tempo num deserto espetacular.

Vence quem mantém o pensamento em riste
Opondo-se à abstração da razão triste.

A filosofia é rosa pálida,
Uma literatura esquálida
Que prega para camelos.

124
A CAMINHADA DOS ELEFANTES
Tenho dentro de mim esse sentimento de evasão,
Palavra que não se usa salvo diante da prisão.
Tenho dentro de mim essas figuras exóticas,
Cavalos, rinocerontes, águias e lobisomens.
Tenho dentro de mim essas paisagens taciturnas,
Revistas em quadrinhos, cavernas, casas soturnas.

Nessas minhas imagens, mulheres raspam latas
Enquanto homens esculpem igrejas em sabão
E velhas mãos enrugadas catam papéis na estação,
Onde o trem se espicha como um magro cachorro.

Ao longo dos trilhos, reluzentes, eu corro,
Chorando, bebendo, por vezes até, eu morro.

Somente os eucaliptos, com suas bocas de menta,
Contemplam a tarde esverdeada de musgo que tenta
Ainda, como pode, asfixiada pelo vento, bocejar.

Ao longe, na coxilha, bois pastam nas suas ilhas
Sentindo o limiar dos vestidos da eterna Matilde
Roçar nos caraguatás esculpindo suas filhas.

Dentro de mim mora esse monstro, essa fera,
Esse elefante com a sua memória cansada,
Este presidiário trancado nas suas frases
E ferido, por tiros errantes, nas suas bases.

A sombra dos cinamomos se contorce e espreguiça,
O mundo se debruça sobre um travesseiro de nuvens
No exato momento em que tudo me vem à tona:

Sou homem, sou lobo, sou serpente na lona.
Caço meus tigres interiores com roncadores,
Solto pandorgas com papel encerado vermelho
E bato com vara de marmelo no lombo do Carmelo.

Serpenteio nas estradinhas de chão batido,
Colhendo flores do campo e rosas solitárias,
Enquanto, no alto do mato, canta um jacu
e brilha, melancolicamente, um maracujá.

Então eu fito a água triste da lagoa,
Esse fio, essa navalha, essa talha,
Que me corta o âmago como navalha,
Abrindo de novo, em mim, essa falha,

Corrente marinha, lince e coroa.

Nalgum recanto, bolicho, quarto,
Chora um velho bandônion num tango,
A lua, então, como uma vela, se apaga,
Deixando-me às escuras na vastidão do pampa.

É nessa hora que leopardos me devoram.

125
Espírito do tempo
Assim na América, quando o sol se põe,
Eu penso em Dean Moriarty, eu penso
Em Dean Moriarty e na minha estrada.
Eu penso no velho cais despedaçado
De onde eu partia para colher avencas
Com os olhos rasos de água envenenada.
Eu penso nas ruas do meu passado,

Na velha regando as suas folhagens
E nas nuvens recortando o orvalho,
Cavalos tristes como magras paisagens.
Os morros descortinando-se no vale,
O vale sugando aos poucos meus olhos.
Assim eu ainda penso em Dean
Preso no meu imaginário tean
Lambendo essas memórias ácidas
Recolhendo lembranças flácidas
Eu penso, quando o sol decai
Eu penso naquilo que se esvai,
Montanhas, sentimentos, cartas,
Beijos, tempestades, olhares
Tristes conversas nos bares,
Gatos espreguiçando-se no sofá,
Caminhões levantando poeira vermelha
E um rasgo feito um remendo no céu.
Eu penso em Dean Moriarty,
Em Dean Moriarty,
Eu penso.
Mas o livro já se fechou para sempre.

*

Eu penso em Dean Moriarty
Sob um céu azul granuloso
Feito um algodão que se esboroa
Ao toque de uma mão infantil.
Eu penso em Dean Moriarty
Sob as barras rubras e laranjas
Do anoitecer caindo sobre o piano,
Do crepúsculo ceifando lavouras,
Da mulher brandindo vassouras,
Morcegos de veludo ao escurecer.
Eu penso em Dean Moriarty
Como quem abraça a água doce

Nadando para dentro de si
A passos vastos no verde
Da campanha sagrada, ocre,
Pálida, subitamente arco-íris.
*
Eu penso em Dean Moriarty
Como quem repete uma ladainha,
Terço, coral, voz de coroinha
Numa missa subterrânea e deserta,
Alma taciturna enfim desperta
Para essa libação noturna.
O que eu quero dizer não se diz,
O que digo jamais sei se fiz,
Estive alheio por toda parte,
Molhando na boca essa arte
De sair de dentro de mim,
Para, na América, assim,
Minha, nossa, América,
América do Sul, desse azul,
Me encontrar, por fim
A oeste do meu Norte.
*
Eu penso em Dean Moriarty
E tento tirar a mosca da garrafa
Como se a mão fosse uma tarrafa
E a estrada uma pista de kart.
*
Por trás da curva esconde-se a alma.
Por trás da reta esconde-se a calma.
Eu penso em Dean Moriarty.
Quando um último pensamento se apaga.
Apenas a sombra na pista me afaga.
*

Eu penso em Dean Moriarty
Dizendo para o seu pai,
Esse pai jamais encontrado:
Durante muito tempo
Eu me deitei cedo
Para fugir ao medo
Deste nosso caminho.

126
Rio louro
O rio é marrom como as águas da alma
Desses homens que nelas se banham.

Rio louro, grande rio escuro e caudaloso
Como as curvas de um espírito tortuoso.

O rio se afasta tristonho da margem,
Percorrendo a pradaria e a pastagem,
Serpenteando entre a morte e a aragem.

Por que penso na vida como um rio?
Por que penso na vida e sinto frio?

O rio se esconde de si mesmo,
Vagando pelos campos a esmo,
Despencando das montanhas,
Arrastando viços e peçonhas,
Rio morno, rio turvo, rio curvo.

O rio vive sempre uma crise de identidade,
Nunca sabe bem quem é, pois no seu leito
As águas que se deitam nunca são as mesmas.

Por vezes, patético, o rio se pergunta,
Olhando-se no espelho das próprias águas,
Por que arrasta consigo tantas mágoas?

E quer saber, enfim, quem ele é:
O leito, que se repete enquanto pode,
Sendo, aos poucos, devorado pela erosão?

As águas, que mudam enquanto correm?
Ou será o encontro das águas com o leito,
Um instante, uma abstração, um trejeito?

O rio é essa alma que jamais perde a calma,
Ou, quando perde, sai da cama como um vulcão,
Matando sem pena até mesmo o próprio cão.

A vida, afogada, acaba-se com um ganido.

127
ESBOÇO
Há sempre em mim essa vontade inquebrantável
De fazer da vida uma permanente obra de arte,
Viver intensa e apaixonadamente a minha parte.

Essa parte que nos cabe por nascimento,
Mas que nos obrigam ao lento esquecimento,
Como o direito de tomar banho de chuva,
Soltar pandorga, manchar os lábios de uva.

Essa parte que sangra, corta e inflama,
Essa parte que fustiga, fere e clama
Pela liberação dos mais puros instintos,
Banhados ou purgados com velhos tintos.

Há sempre em mim essa arte insofismável,
Essa bendita maldição que me unge e atordoa,
Impelindo-me a querer morrer pela vida,
Sair pela noite buscando algo que me doa.

Há sempre em mim essa ânsia incontrolável,
De correr pelas ruas como um menino feliz,
Guardando no bolso apenas o bilhete de ida,
Não importa que eu tenha de quebrar o nariz.

Há sempre em mim essa clareza nua do marfim,
Saltando poças cristalinas em meio ao alecrim,
Que me leva a arrancar a roupa e a dizer sim, sim,
Quando teu corpo surge como um abismo diante de mim.

Há sempre em mim esse grão, esse farelo,
Essa entrega violenta e incontornável,
Essa arte de inventar tantos novos ardis,
Essa carne pulsando por aventuras infantis:

Pintar o sol de azul e o céu de amarelo,
Chamar meu cão de grande imperador amável,
Regar as plantas com vinho e pontos de carmim.
Beber entre tuas pernas a água mais potável.

Há sempre em mim essa esperança que não morre.
Esse rio que, apesar do tempo, ainda corre.
Essa certeza de que minha arte, minha parte,
Consiste em viver até a derradeira gota.

Fazer da vida uma permanente obra de arte,
Não importa se obra-prima ou poesia sem rima,
Não importa se obsessão ou desejo irrefreável,
Não importa se combustão ou loucura incurável.

Se eu pudesse reinventar a minha vida,
Eu faria, no meu papel de velho artista,
Um desenho, ao mesmo tempo, novo e igual.

De todos os meus tantos e graves erros,
Não cometeria, garanto, juro, um só:
Andar por aí errando em busca de acertos,
Transformando as melhores fantasias em pó.
E ter deixado cedo de crer no Papai Noel.

128
NAVEGAÇÃO DE CABOTAGEM
(HINO À INTERDEPENDÊNCIA)

Contemplo o meu corpo
Como quem vê um porto.
Meus braços são mastros
Que acenam para os astros.

Mas os astros, no espaço,
São como mastros, escasso
Porto onde se contemplam
Corpos que quase despencam.

Contemplo o meu corpo
Como quem vê velhos navios.
Minhas rugas são como ondas
Minhas pernas, frágeis pavios.

Mechas mirradas como imagens
Das corridas feito miragens
Que realizei quando jovem.
Rastros que não se removem.

Retratos em preto e branco,
Sinuosos como anacondas,
Instantâneos da minha alma,
Fotografias em tons bravios.

Aliso esta minha pele flácida
Como quem revê a sua cidade,
Uma longa rua vazia e plácida
Salpicada de manchas da idade.

Memórias sem pátria da semana
De cujos desfiles ainda emana
A preguiça do feriado nacional
Como uma paródia de carnaval.

Contemplo o meu velho corpo
Como um avariado barco torto.
Nos meus olhos opacos uma vela
Oscila como uma rota bandeira.

Essa vela já não é chama,
Essa bandeira é que me vela.
Como uma enferrujada baleeira,
Essa embarcação é minha cama.

Este corpo que triunfava ao vento,
Agora, fatigado e muito lento,
Contempla atracado ao relento
Viagens, tempestades, pensamento.

Meu coração antes soprado pelo tufão,
Açoitado pelo sal ambíguo da paixão,
Cochila agora numa agridoce amargura,
Cada sobressalto molha minha secura.

Minhas veias agora quase entupidas,
Minhas artérias quase interrompidas,
São canais por onde passou a emoção,
Singrando os bares alheia à ilusão.

Contemplo o meu maltratado e combalido corpo
Sem pensar que de certo modo já estou morto.
Minha mente lembra ensolarada do que esqueceu,
Encontros, aventuras, tardes tristes, algo teu.

Nesta minha carcaça de vidas passadas,
Cemitério marinho de almas penadas,
Marinheiros frequentam o mesmo bordel,
Onde eternizam seus amores de aluguel.

Avanço dentro da longa noite
Estimulado pelo agudo açoite
Das manhãs de rei no convés
Tendo só o naufrágio como revés.

Na minha louca e sinuosa caminhada
Fiz o melhor do amor na calçada,
Beijei muitas bocas desconhecidas
Jurei fidelidades não merecidas.

Se não fiz todo o bem que devia,
Também não fiz o mal que podia.
Andei, certo, um tanto a esmo
Para não viver sempre o mesmo.

Este corpo que arfava em mar aberto
Contempla agora o bruxulear da vela,
Vendo imagens do passado na sua tela,
Onde desponta o futuro muito perto.

Essa vela que melancólica ainda arde,
Ludibriando o galope do escuro,
Como se fosse eu saltando o muro,
É só um intervalo da Sessão da Tarde.

129
Resta

Resta esta minha habilidade estranha
Para tentar copiar o intraduzível.
Esta mania de, nas madrugadas frias,
Regurgitar aos poucos o indizível.

Resta esta minha paixão por Vinícius,
Esses extraviados e parcos indícios
De que algo se apagou sem alarde,
Esperança desfeita ao cair da tarde.

Resta essa obsessão pela paródia,
Desvelo, delírio, desdém, mixórdia.
Essa imponência solitária e vaga
Diante da impotência crua e cega.

Resta esse sobressalto, essa inveja branda,
Essa esquisitice feita de coleções e amores,
Essa angústia quando se aproxima o Natal,
Essa certeza de jamais ter sido normal.

Resta essa vontade de abrir o âmago,
Seja lá o que isso for, com as mãos,
As mãos afiadas, porém, em conchas,
Como se dizia na infância, tronchas.

Resta esse esforço cotidiano e duro
Para permanecer inquieto e puro,
Essa força bruta e grave escoiceando
Dentro de mim como um corcel no escuro.

Resta essa melancolia suave
Depois do amor e do sexo,
Essa ponta fina de tristeza
Embevecida de tua eterna beleza.

Resta essa incapacidade de ter aura,
Essa feiura tocante dos homens comuns,
Essa renovada utopia sem motivação,
Esta alma feita de material inoxidável.

Resta essa vontade de sair pela rua,
Como se em cada calçada pisasse na lua,
Descobrindo mundos novos, continentes,
Sorrisos ternos em bocas sem dentes.

Sim, resta essa vontade de mudar tudo
Desde que permanecendo eu, mesmo mudo,
Retirante sem futuro em busca do muro
Onde me encostar para curtir a sombra.

Resta esse sonho de voltar à infância,
De reencontrar lugares quase sagrados,
Um velho atlas de capa azul, o Sul,
Palavras mágicas como transumância.

Resta essa certeza de que tudo não fui,
Salvo aquilo que do imaginário ainda flui:
Oceano, potro, ventania, chuva, incerteza.

Resta esse desejo de voltar àquela tarde no cinema
Para, enfim, tardiamente, pegar a tua mão úmida
E te dar aquele beijo que guardei em meus lábios,
Essa ilusão de que os muitos anos nos fazem sábios.

Resta a impressão de nunca ter conjugado o verbo haver,
De jamais ter dominado os regulares e irregulares,
De só ter tido olhos para os bizarros e anômalos,
Tão falsamente canhotos como eu aos domingos à noite.

Resta essa sensação de viver sempre sob o açoite
De um desejo violento, impuro e irrefreável,
Desejo de ternura, de cheiro de pêssego, de figos,
De goiaba madura, esse aroma do tempo inefável.

Resta esse passo cada vez mais lento,
Embora eu ainda seja bastante jovem,
Esse olhar atento, esse desalento
Por não ter te buscado na escola.

Resta essa depressão sinuosa e recorrente,
Essa tendência doentia para pintar retratos,
Quadros já pintados por grandes talentos
E esta súbita redescoberta da paixão.

Paixão gratuita e profunda pela vida.

A qualquer preço.

130
Luz

Com os pés molhados, em Paris,
Contemplando o céu baixo e gris,
Eu penso, menino, em Palomas.
Reflexo no espelho crispado das águas.

Primeiro foi uma estrela tremendo,
Fogo ardendo na vastidão da lonjura
Depois o apito do trem no escuro.

Um dia, qualquer dia, uma luz.
Sei lá por que fiz o sinal da cruz,
Beijei uma puta francesa chamada Dina.
E fui ler Dante sob árvores sem folhas.

Sempre que me vejo em Paris,
Andando por ruas cinzentas,
Eu me guio pela chama crua
Da lamparina fria de Palomas.

Até que o vento sopra um gole
E o ventre do metrô me engole,
Devorando trilhos e gabardinas,
Mulheres cinzentas e ferinas.

A cidade me acende medos,
Fantasmas sem seus dedos,
Traumas com seus segredos,
Um corpo sumindo na curva...

E tu, como se fosse eu,
Abrindo um guarda-chuva
Antes de apertar o gatilho
Desse amor fora do trilho.

Nas entranhas feitas de negro
Apalpo a aspereza das páginas
Enquanto um estranho me fita:
Seus olhos me dizem esse algo
Que nunca saberei, isso eu sei.

Há algo que se perdeu num trem,
Algo que eu procuro e não vem,
Uma inocência escura e sem bem,
Face pura da infância em Palomas.

131
TRANSVERSAIS
Há punhais que cortam no vazio
Há vazios que correm em diagonal
Diagonais que bifurcam de manhã
Estradas nas solidões vicinais.

Estive presente nessa ausência
Essa paciência quase pendular
Essa maneira de olhar a lonjura,
O horizonte e o topo de um morro.

Transversais de uma seca poesia
Asperezas agridoces da maresia
O sexo pulsando desse desejo
Que se esvai sem pedir socorro.

Estive andando por um vasto deserto,
Estranhamente com flores do campo,
Vendo a chuva cair como um pântano.

Vez ou outra, eu sentava no pasto,
Sentia cheiro de folhas de eucalipto,
Fechava os olhos e me sentia casto
Como uma árvore que não pôde morrer.

O céu se perdia em curvas azuis
O sol se esquecia de usar óculos
As nuvens eram como travesseiros

Eu dormia o sono da eternidade.

132
PAISAGEM INTERIOR
Por que teus olhos ainda me afligem?
Por que sempre me perco na fuligem
Das lembranças como pegadas nas nuvens?

Todo dia faço o inventário do irreparável.
Conto as estrelas, as ruas e os centauros.
Repasso meus sonhos com ferro elétrico
Suspiro, estremeço, sorrio e respiro.

A lua é um corpo que cai para cima.
Aí eu me pergunto com certa vergonha:
O que é a vida? O que me resta viver?
A vida é um prato que se come frio.

As vogais sempre têm os seus odores.
A letra "a" cheira a goiaba no pé.
O "e" sempre será um figo maduro.
O "i" é um vinho um tanto escuro.
O "o" cheira como um lindo jasmim.

A tudo isso, todo dia, digo sim.
Mas falta algo que não removo
Falta a loucura, a arte, o povo
Falta esse "u" com o teu perfume.

De pé, no alto da velha escadaria,
Cheiro as letras, a vida, a poesia
E me perco no meio da multidão
Contando acenos que se afagam.
E influências que não se apagam.

133
A RUELA
Tijolos espelham o tempo
Com sua tenaz rotina ocre
Assim na placidez medíocre
Senhores brincam de velhos,
E meninos esmagam escaravelhos.

Tudo é ausência nessa presença
Tudo é transitório na sentença
A vida não passa de um instante,
Fotografia dessa morte gestante.

A paisagem é a passarela
Onde quase nada acontece
Só a essência é que desce
Ao encontro dessa ruela.

Nunca mais haverá movimento,
Nem ao menos chuva ou relento,
Tudo ali permanecerá quieto
Até o sopro do último suspiro.

Suspiro de jasmim, pedra e romã
Meninas em carrinhos de rolimã
Felinos espreitando a aurora
Dos corpos que foram embora.

134
REFLUXO

As palavras desfazem-se como rendas
Roídas por rubros ratos silvestres
Enquanto os meus olhos se embaçam
Como lentes lavadas de lágrimas
Vidradas nas cataratas extintas.

Aviões preenchem lacunas no céu
A mulher arregaça a saia e o véu
Mostrando longas pernas distintas
Crianças fustigam um pônei ao léu.

O sexo arde ao sol como uma rocha
A mão segura o fogo como uma tocha
Dados esparramam-se sobre o gramado.

Agora eu estou aqui desarmado
Contando centavos, ruas e quiabos
Entre santos, estrelas e diabos.

Vejo ao longe o teto de uma colina
Os cílios pintados dos edifícios
O tremular sereno das árvores
Sentimentos soldados como concreto.

Mais um ano se passou sem alarde
Salvo dos atentados e terremotos
Para fazer História já é tarde
Rugem os homens e as suas motos.

Os livros esfarelam-se ao vento
Cada página contendo um tempo
Cada tempo retendo seu sopro.

As casas já não vivem nem morrem
São esses os fatos que ocorrem
Cada casa é um quadro noturno
Alguns tons tendem ao soturno.

Contemplar uma casa é pintura
Cada homem numa delas figura
Imóvel no interior da moldura
Para sempre com a mesma postura.

As casas são como as colheitas
Exibem esse enigma dos trigais
A cor melancólica dos parreirais
O amarelo tão suave das pátinas
E o vermelho surdo das máquinas.

As casas somos nós no temporal
Poesias descascadas no vendaval
Paixões construídas no carnaval.

As casas mostram a alma e o sexo
Fósseis de amores num vilarejo
Marcas na arqueologia de um beijo.

Por que me vem essa tristeza
Quando vejo uma casa fechada?
Por que toda essa melancolia
Ao ver de uma casa a fachada?

As casas são apenas espelhos
Eternos e eficientes aparelhos
Disfarçados de calendários
Marcando o escoamento da vida.

Na infância, as casas riem
Na adolescência, elas sofrem
E experimentam o primeiro orgasmo.

O tempo passa e vem o espasmo
As casas se curvam como ombros.

135
METAFÍSICA DO ESPELHO
Dize-me como me insultarias
E eu te direi quem és.
Mas direi com meu silêncio
Ou com o meu sarcasmo.

Basta que te olhes no meu espelho
Para que eu te veja de corpo inteiro,
animal, uniforme, bestial, parelho.

Alma suja sob um pano branco de mentira,
A consciência reduzida a uma suja tira,
fazendo do vômito teu último orgasmo.

Por trás da indignação que se quer elegante
Chafurda um monstro com pata de elefante.

Às vezes, a pureza do cristal líquido
tem a brutalidade límpida do asco
ou a violência cinza do acaso.

Ou seria do horror e da lucidez?

Salvo se for a expressão da perfídia
Travestida de ódio e de "envidia"?

Todos os modos são bons e prontos
para te desnudar num arranco.

O que se vê depois do insulto
é pouco menos que o espanto:
o banquete triste dos chacais.

Aqueles que nunca saíram do cais,
Mas se lambem as patas como heróis.

Ah, como é doce a sujeira dos outros,
Ainda mais exposta em praça pública!

Dize-me todos os teus insultos
E já eu terei os meus indultos.

Pois a tua vã mediocridade
é diretamente proporcional,
pálida manchete de jornal,
à tua grande (in)capacidade
de denunciar a minha.

Essa tua pobre e mesquinha
Escatológica suma ideológica.

136
CONFISSÕES

Tarde, eu te amei como Agostinho
Tarde, eu nunca estive sozinho,
Salvo quando fiz amor em grupo.

Eu te amei quando, ainda menino,
Jogava bola na rua e temia o nada,
Monstro escuro dos vãos de escada.

Tarde, eu te amei como um filho,
Antes de me tornar um andarilho
À procura de Deus nos bordéis
E de algum sentido nos quartéis,
Posição que logo me fez descrer.

Um dia, vi Cristo numa boceta.

Tarde, eu te amei como um açoite
Inimiga clara e serena da noite,
Portal do paraíso e do sexo,
Obsessão que virou reflexo,
Dança, vertigem e pandorgas no céu.

Tarde, quando quase te perdi
Abracei o medo e o crepúsculo
Contando um por um os pingos da chuva,
Escrevendo na latrina um opúsculo,
Espremendo no teu corpo cachos de uva,
Tentando apanhar o vento com as mãos.

Essas minhas mãos que eram tão macias,
Essas mãos que ficaram tão vazias,
Pálidas mãos livres e tão vadias.
Mãos de velhas e sábias putas.

Menos putas do que tu e eu.

Tarde, sei que não me escutas
Mas, te digo, foi nas tuas entranhas,
Quentes, selvagens e assim estranhas,
Que eu, bêbado e calado, me fodi.

137
PROMESSAS DE ANO-NOVO
Começo de ano é bom para comprar uma ilha
Tentar, se possível, casar bem uma filha
Rever Santo Anselmo e o argumento ontológico,
Estourar champanha nalgum jardim zoológico.

Ou se mudar, deixando para trás os defeitos,
Na busca sempre renovada de tempos perfeitos,
Para a terra metálica e enigmática de Itabira.

No ano passado, coletei dados para o imposto
Nesta virada, comemorei como um rei deposto,
Bebi, cantei, chorei e dei vivas à república.

Todo fim de ano, eu festejo soberano e faço planos
Prometo comer salada, reler Borges e fazer esteira
Assumo rever meus conceitos e viver de outra maneira
Se possível viajando de helicóptero e de aeroplanos.

Neste ano, fiz o inventário e até a contabilidade
Dividi o passado e os temores pela minha idade
Anotei o saldo dos amores e dívidas de eletricidade.

Cada passagem de ano renova meu interesse pelo tempo
Se fico mais velho, como mais uvas e abraço mais forte
Trato de cauteloso e sensato, retomar o meu norte
Amparado na escolástica, na química e na ginástica.

Fixei o meu projeto da hora, comprei passagem de ida
Para a praia, a serra, o morro, o sambódromo e o spa.
Prometi-me vastíssimas emoções e nenhuma ideia má,
Com crédito, cartão, beijos e uma filosofia de vida.

Não me afundarei no sofá, não verei mais novela
Andarei com a coluna ereta, sorrirei da janela
Aplaudirei os senadores por todos os seus acertos
Entenderei os empresários por todos os seus apertos.

O futuro, no réveillon, é como um orçamento público:
Aprova-se com pressa para poder lentamente descumpri-lo
A existência é fogo de artifício. Fi-lo porque qui-lo.

Tenho uma nova gramática e uma velha linguagem
Sou um novo homem novo vibrando de passagem
Comprei um tablet, mandei consertar a CPU
No último dia, ágil, tratei de pagar o IPTU.

Segunda-feira, eu já serei outro homem.

138
Estática
Esse negócio de ser o que se deve ser
Nunca vai nos levar a lugar algum
Salvo, quem sabe, à certeza de não ser.
Para ser é preciso deixar de ser

Para crer é preciso largar os dogmas,
Os contracheques e os móveis de fórmica.
Só comecei a saber quem eu sou
Quando, numa tarde, em mim ecoou
Uma devastadora crise de identidade.
Nesse dia, desconheci a cidade
E me reconheci numa rua que não existia.

139
ALQUIMIA
Água ferida na palma da mão
Napalm no corpo encarcerado
Estrias vermelhas num cão
O céu subitamente palmilhado.
Imagens do inferno sob o tapete.
A vida cintilando ao meio-dia.
Um homem malhando em ferro
A brasa do seu cigarro.
Hora de partir para a lua.

140
RETIRADA
Vou me embora para Palomas
Vou me embora para Palomas,
Lá serei amigos de todos.
E viverei, enfim, sem um rei.
Terei a Cláudia que eu amo
Nos pelegos que escolherei.
Vou me embora para Palomas,
Aqui eu até sou muito feliz,
Mas lá viverei como sempre quis
Fazendo aquilo que ninguém me diz.

Irei da monarquia à anarquia
Fundarei uma nova dinastia,
A casa sagrada da flor do pampa
Cujo brasão aparecerá na tampa
De uma lata velha de biscoitos.

Montarei como na minha infância
Um valente cavalinho de taquara,
Que não fustigarei com uma vara,
E vibrarei com minha irrelevância.

Soltarei pandorga de cima do cerro
Acenarei para a ex-rainha louca
Se eu quiser, dormirei de touca.

Falarei com Napoleão e Sabugosa,
Enfiarei de viés o dedo na mucosa
Devolverei peixes vermelhos à água
Espiarei nos varais alguma anágua.

Experimentarei balé, trova e cordel
Rabiscarei poemas num maço de papel.

Vou me embora para Palomas,
Lá terei um gato branco preguiçoso,
Que chamarei de jovem Schopenhauer,
E um cachorro preto tão teimoso,
Atendendo por Nietzsche e Adenauer,
Que me fará dormir até mais tarde,
Afastando as visitas sem alarde.

Em Palomas, terei o meu i-phone,
Que guardarei embaixo de um cone,
Passearei pelos campos a pé
Darei sem problemas marcha-à-ré.
Deitarei na grama para ler Eliot
Ou me lembrar de algum saiote.

Em Palomas tem milho verde,
Gaita de fole, burro xucro,
Moinhos de vento e o que precisar.
Se algo faltar, posso até inventar.

Vou me embora para Palomas,
Onde plagiarei o grande poeta
Antes ou logo depois da sesta.

Só pelo prazer de desafinar,
Farei versos de pé quebrado,
Pois conheço o cego dormindo
E até mesmo o rengo sentado.

Vou me embora para Palomas
Assim que comprar uma chácara.
Pagarei com dinheiro de poeta.

141
Saturação
Estou farto de ler no poeta
(e de ouvir da Patrícia)
A sua crítica ao burguês
que vive na absoluta surdez
a louvar o que não ouve.

De minha parte, estou farto
(um pouco mais e será meu parto)
do reacionário bem-comportado
que perora na mídia contra os vândalos
E só ataca com ardor certos escândalos.

Estou farto dos homens responsáveis
que, defendendo a empregabilidade,
a sensatez e a tal da governabilidade,
dormem tranquilos em torres de vidro e aço
erguidas sob escombros de pele e osso
com a pobreza esfolando até o pescoço.

Estou farto do grande empreiteiro,
do demagogo e do marqueteiro,
dos governos de coalizão,
dos governantes sem ação,
dos formadores de opinião,
dos senhores engravatados
comendo churrasco e sushi
e dirigindo seus camionetões.

Estou farto da política sem utopia
dos ideais cuidadosamente mesquinhos
e do projeto sem gozo nem emancipação.

Estou farto da novela das nove,
do futebol das dez e das horas vazias
Por não ter ido à marcha das vadias.
Estou farto!

Farto dos derivativos e dos mercados sem futuro,
Farto da volta da inflação e dos saltos no escuro,
Farto dos times jogando com três volantes

e dos livros silenciosos nas estantes,
dos discursos de bom senso dos especialistas
das teses dos sociólogos e dos economistas
dos ataques da polícia e do batalhão de choque
do gás de pimenta, balas de borracha e toque,
Toque de encurralar na velhice do imaginário.

Estou farto dos que não saem do armário
e ainda cobram dos outros que durmam de touca.

Estou farto da retórica bem-comportada
dos que aconselham a fazer o que não fazem
limitando-se solenemente a soltar gazes
enquanto trivialmente estouram champanhe.

Estou farto dos preços das passagens de ônibus,
das críticas ao bolsa-família e às cotas,
do escritor que fala do umbigo
e ganha prêmios como trigo
(um trigal simulando o ouro adornando uma bolsa de couro)
por ter sido obscuro como pão queimado.

Estou farto dos saudosos da ditadura
e dos corruptos que nunca levam uma dura.

Só o que me lava a alma são esses manifestantes
reclamando o possível em nome do impossível
e pondo de joelho os postes de cada governo.

Estou farto de mim,
De mim e do Alckmin,
De mim e do Haddad,
De mim e da falsidade.

Estou farto do reacionário bem-comportado
que não deixa mudar o mundo por educação.
Não se mexe no que dá tão certo por estar errado.

Estou farto do antipetista fanático
que se acha não ideológico e fantástico
enquanto destila bílis e mesquinharia.

Estou farto dessa tola engenharia
que prega o fim de direita e esquerda
como um triunfo da sua ideologia.

Estou farto dos que tentam me cooptar
Enganar, embrulhar, adaptar, empalar.

Estar farto de ser isto e aquilo
como um almoço por quilo:
anteontem eu era de direita,
Ontem eu era petista,
Hoje, sou PSOL.
Amanhã estarei no formol?

Estou farto de reacionários fakes
e dos tantos fakes reacionários
Que me elogiam por conveniência
tentando ler o que eu não digo
quando só estou comendo um figo.
Estou farto de estar farto.
Estou farto dessa fartura.
Espero estar longe do infarto.
E perto de uma goiabada com queijo.

142
DE REPENTE
Lembro do cheiro das folhas secas de eucalipto queimando
De um caco de vidro de um azul espesso como uma gema
Do canto melancólico do jacu no mato tão próximo
Da cor translúcida de um maracujá no alto da árvore
Lembro do rastro de um avião no anil do céu profundo
E do teu cheiro sobre a milhã na manhã, arfando.

143
RASTROS
Não se pode descrever a aspereza da paisagem
Assim como não se pode agarrar essa imagem
Daquilo que deslumbra como uma pérola:
Essa trilha sinuosa feito a infância,
Essa luz pálida como uma auréola.

Da janela vejo a parede de pedra,
o capim santa-fé e o vestido de Fedra,
Águas coalhadas na várzea antes só verde
E o pampa perdendo-se na noite do Uruguai
Enquanto toda minha lucidez se esvai.

Aquilo que procuro nesse entardecer
É o que sempre busco ao escurecer
Essa clareza da vida que ficou para trás
Essa beleza do passado feito no futuro
Essa explosão da lembrança no escuro.

Um canto de pássaro melancólico
Um rastro no capim bucólico
Uma dor suave como uma reentrância
Um sorriso cristalizado na distância.

A vida que já foi por não ter sido.
O latido de um cão na tarde triste.
O pio de um pássaro na madrugada.
O riso de uma criança na calçada.
A fotografia que não foi tirada.

144
Viva México
O sol fica à esquerda do mundo
O mundo fica ao sul do universo.
Os versos ao sol das águas
Jamais apagam as mágoas
Dos deuses sacrificados.
O homem é só um ponto de luz
No mar das estrelas em cruz
Que incendeiam continentes
E desnorteiam gentes e caravelas.

145
Cotidiano
Já não busco a cada dia o extraordinário
Contento-me em consumir o vinho do ordinário
Entre acenos, caminhadas e montes de feno.

Levanto da cama e olho os patos
A vida flui como certos regatos:
Águas viscosas se perdem na curva do rio.

Se antes caçava fama, mulheres e um tesouro,
Hoje triunfo ao apanhar um raio de sol
Ou o arco-íris, esse verdadeiro ouro
dos homens que abandonaram o futebol.

A glória se foi como alguns flatos,
Dissipada com sopros de vento frio.

Espero a chuva com os olhos secos
Sei que nada reinventará a existência
Especialmente daquilo que nunca se viu.

146
OLHAR DE VIDRO

Pela janela eu vejo a lua e a rua
E uma mulher se afastar como um barco
Fazendo uma curva para nunca mais.

Pela vidraça eu contemplo esse rastro
Que se dilui na infinidade do tempo
Mas se esculpe para sempre no alabastro
Desses passos perdidos sob os traços
Deixados na superfície fina das águas
E na turbulência colorida das anáguas
Que escondem paixões e erros crassos,
Delírios, desejos e o grande contratempo
Da vida interrompida por uma lágrima.

Pela janela eu vejo a lua beijar a rua
Enquanto um mendigo faz juras à bela
Que desaparece na esquina dos anos
Arrastando navios, marinheiros e a vela
Até acender a Terra com a crueza do sol.

Então eu me abrigo no escuro do quarto
E durmo até sonhar contigo no parto
Da nossa eterna e renovada paixão.

147
Cores
Eu lembro da sombra da figueira
Da louça azul na cristaleira
Dessas tristezas de jasmim
De ti brincando só para mim.

Eu me lembro da videira,
Das manhãs na cachoeira,
De nós sob os pessegueiros,
Nossos beijos passageiros.

Quatro mãos em desespero.

E a tarde caindo tão vermelha
Água tardia batendo numa telha
Zumbido magnético de uma abelha
Embriagada de mel e de vastidão.

Campos infinitos na janela
Águas irisadas de aquarela
E tu como um pássaro na manhã.

Pérola rugosa esquecida
Na solidão morna do tempo
Nossos lábios em vespeiros.

De repente me vem essa nostalgia
Justo quando penso sem fantasia
Nesse distante e nebuloso verão.

Chove sobre Palomas adormecida
Como um gato no vinco do oitão.

São os anos ventosos que me deixam
São os fantasmas que se queixam
Reclamando teu último abraço.

148
PALOMAS
A vila é como um mastro
Escalado por um astro
Que se perdeu de madrugada
Bêbado de arrebentação.
A vila é como uma caravela
Atracada num porto sem dono
Bruxuleando feito uma vela
Cuja luz desenha o entorno,
Campos, matos e a velha estação.
Um dono sem o seu porto
A lembrança de um conforto
Roubado com os dentes de ouro.
A vila está parada no tempo
Amortalhada num pedaço de couro
Esse couro dos miseráveis
E dos dias impraticáveis
Cobras corais dançando nas ruas
Das três gordas prostitutas nuas
À espera do passageiro,
Esse trem de janeiro e fevereiro
Com a tristeza lenta do pessegueiro
Depois da última mão de criança
Acariciar os seus galhos desfrutados
Numa brincadeira de encher a pança
E rir até a tarde se perder na escuridão.
A vila é um retrato na parede do galpão
Um velho desdentado dormitando no oitão

Fantasmas de tantas guerras
Tentando lavrar as terras
Que se esquecem de renascer.
A vila tem as cores de um crepúsculo,
Homens duros que não movem um músculo,
Um rio escuro atravessado na garganta
De tantos degolados que ainda cantam
Um hino aos homens que nunca morrem.
A vila é um desenho caiado sobre a paisagem
Que tenta imitar a ternura da imagem
Do sonho que teve consigo mesma.
A vila é essa vontade de todo dia
Cravejada numa pedra de cantaria,
De amaciar as mãos calejadas,
Curar as feridas infectadas,
Limpar o pus dos membros apodrecidos
Desses camponeses enfurecidos
De silêncio, secura e resignação.
A vila é essa guerra de toda estação
Para calar a melancolia de um bandônion.
Somos todos, nalgum momento, palomenses
Carregando na alma esquálida os pertences,
Uma velha mala, calos, um amor e a lua.
Palomas geme à noite como uma milonga
Feita de pequenos feitos e uma longa
Lista de heróis mortos na lide crua
Das batalhas sem grandeza nem poesia.
Todos nós saímos da vila algum dia,
Mas a vila profunda nunca sai de nós
Assim como a idade adulta não apaga
Essa infância que em cada um afaga
Eternamente o cimento dos nossos nós.
Palomas é o que fui, o que fomos
Ali, eu nasci todos os anos
Antes de dobrar a curva dos trilhos.

Atrás de mim, ficaram para sempre
o umbu, os pássaros e os filhos
Que nunca cheguei a ter.

149
METAMORFOSE

Ninguém me viu na manhã pálida
Colhendo grãos de areia e amor
Enquanto explodia uma crisálida
E os cães latiam para o doutor.

Ninguém me viu na noite triste
Armazenando gotas de orvalho
Com o dedo cortado em riste
Para um impávido carvalho.

Ninguém me viu arrancando folhas
De um caderno feito de escolhas
Contidas numa camisa de força.

Ninguém nos verá como bolhas
Perdendo a vida e a essência
Sem que um só pássaro torça

Por nosso voo na transparência.

150
TRADUÇÃO

O poeta é um decifrador da alma
Aquele que pela palavra acalma
As lavas que jorram do coração.

O poeta é sempre um mentiroso,
Aquele que pela força da fala
Faz pensar que decifra a ilusão.

O mundo, porém, é uma ravina,
Território turvo de alguma sina,
Escarpa, cume perdido em nuvem,
Meteoro, estrelas que curvem
A linha melancólica do tempo.

O poeta é um ser em extinção,
Velho mago, maldito, ancião,
Jogador de conversa fora,
Ourives, dinossauro, falcão.

O poeta mói com sua obra
A natureza humana da dobra
Que esteriliza o trigo
Em sua fome por um abrigo.

Entre a poesia e a loucura
Só há mesmo essa figura
Que se perde na linguagem.

A poesia é descobrimento,
Destapa, traz à tona,
Joga de cara na lona
As máscaras do temperamento.

Poesia é sempre desconstrução,
Artifício de desocultamento,
Viagem ao inferno, iluminação,
Guerrilha, mergulho na maldição.

O poema que talha é aquele que corta
Na malha da vida a imagem que faz sentido
Especialmente o sentido que duvida.

O poeta é um errante que errou de arte
Nos desvãos da profissão faz a sua parte,
Até ser devorado por uma galáxia da imaginação.

Na sua desolação infinita, essa solidão permanente,
O poeta é aquele que jamais lava as mãos.

Todo poeta sabe que tem as mãos sujas,
Essas mãos grandes e tristes cujas
Palmas incendeiam campos e produções.

Até o apagar das cruzes na eternidade
Ou o acender vão das luzes na cidade.

151
GEOGRAFIA AMOROSA
Entro no teu corpo como se atingisse o cume dos Alpes
Esse mundo branco, eterno e imaginariamente vulcânico,
Último reduto inviolável de uma fronteira pedestre.
Enquanto contemplas nua os vales, por mais que apalpes,
Com tuas mãos cálidas e imemoriais de pintura rupestre,
As profundezas da alma, eu te peço que não fales
Daquilo que eu sinto irromper, por mais que cales,
Na imensidão rarefeita do abismo e dos sentimentos:
Viagens, aragens, correntes e navegações.
Poderia ser uma escalada solitária ao Evereste
Ou uma aventura fatal na melancolia do agreste,
Mas é a dor cruel do gozo depois das arrebentações.
O orgasmo que alcanço é uma espécie de transe

Esse aperto lento nas entranhas que franze
Todo o meu ser, ao sair de ti, como em pânico,
Pequena morte que se nutre de arrebatamentos.
Eu te busco na solidão azul das águias,
Com suaves pegadas que congelam na lava
E palavras lavadas em correntezas de fogo
Para que me entendas e graves.

152
GEOMETRIA E MATEMÁTICA
A vida é uma linha reta,
Sem orientação ou seta,
Que só se curva para a morte.
O destino é um círculo torto,
Gravado na placa de um porto,
Que só se abre para a sorte.
A biografia é um quadrado perfeito
Cujo único e inapagável defeito
É ser o reflexo de outros números,
Todos eles quietos, frios, inúmeros
À espera de alguma definição.
Quando enlouqueci, me declarei poeta,
Prontamente me vi entre os maiores,
Não sabia que entre poesia e loucura
Há uma relação geométrica segura
E uma matemática esguia da aventura.
O poeta na sua loucura resolve incógnitas.
O louco na sua poesia inventa equações,
Que se espalham com os sopros de monções.

153
Nau frágil

Entrei na brancura cega da noite
Com a brevidade seca de um açoite.

E antes de te ver nua sobre a cama,
Exangue, provocante, suave e ferina,
Aberta, entregue, deserta, incerta,
Já sabia que entre as tuas pernas
Viveria as loucuras de quem ama,
Desatinos, obsessões, fascínio,
Posto que o sexo inflama,
Tudo devasta e chama,
Tempestades e conquistas eternas
Como o voo lento de uma borboleta
ou o brilho insurgente da lua
sobre a nudez obscena da rua.

Teus olhos na escuridão eram faróis,
Bolas de fogo ora verdes ora azuis,
Negras bandeiras beijadas pelo vento
Acendendo alertas contra os anzóis
De embarcações piratas e de amores
Vividos à sombra úmida do tempo.

Entrei na brancura cega da noite
Como um louco bêbado de leituras,
Viajante perverso e sem destino,
Herói, amante, boêmio, assassino,
Lobo do mar com a fome do coiote
Derivando do continente aos Açores
Remando com o corpo curvado no bote.

Barco ébrio no coração das trevas,
Capitão ensandecido por releituras
Marujo saudoso de suas Marias e Evas.

Em cada porto, em cada onda, eu repetia:
Há em teu corpo um promontório,
Torres, cavernas, clareiras, matagais,
Fontes, campos, cascatas, roseirais,
De onde avisto a solidão dos oceanos.

E uma lagoa de águas cristalinas,
Pedrarias, turquesas, turmalinas,
Onde eu me banho depois do pranto,
Depois do orgasmo e dessa morte,
Que se morre ao perder o norte,
Por sempre sucumbir ao teu canto,
Recanto que me aprisiona num precipício,
Paraíso onde vivo como num hospício
Esses prazeres de roupas rasgadas,
essas aguardentes amargas tragadas
Como peixes colhidos ao alvorecer.

Em cada noite, bati em rochedos
Venci tantos homens e medos,
Desbravei estranhas ilhas,
Matei, às vezes, as filhas
Dos meus tormentos e desesperos,
Essas trilhas na imaginação.

Há mais ao sul dos teus seios
Um lugar que provoca receios,
Chamado pelos antigos de utopia
E pelos corsários de maresia.

Sempre que lá estive, exclamei:
O amor! O amor! O amor!
Esse almoço nas folhas da relva,
E me perdi como uma fera na selva.

154
ESCULPIDO NO AR
Uma criança sozinha não embala a estação
É preciso um exército para mudar o tempo
E outro para acertar os relógios do vento.

Uma andorinha sozinha não cala o inverno
É preciso um bando para assustar as nuvens
E outros pássaros para ensaiar gorjeios.

Uma tropa evade-se e por todos os meios
Desenha elefantes azuis em telas de algodão
Que desabam sobre as casas quando chove
Lavando telhados por onde a morte se move.

Um trovador solitário não fala do verão
É preciso uma primavera para acender o sol
E um outono para queimar as folhas no atol
Feito de corais, musgos e invernos.

A infância inteira não demove o ancião
Que se esconde dentro do pássaro e do homem
É preciso ser menino para entender o girassol,
O voo da pandorga, a eternidade e os filhotes
Que latem para o trem e roubam sapatos
Como moleques nadando nos claros regatos
Que deságuam em rios tingidos de têmpera.

Se um galo sozinho não tece a manhã,
Um velho sozinho não escreve um poema.
É preciso uma nuvem de estorninhos
Para que as palavras saiam dos ninhos
E a certeza da tarde para cantar seguro
Antes que a noite silencie o intervalo
Entre a luz, as cores e a maciez do escuro.

Na solidão luminosa do alvorecer um galo
Nunca é mais do que um melancólico valo
Na crista da onda que bate em grãos de areia.

Areia de que são esculpidos homens e tais,
praias, sonhos, vales, galos e imortais.

Até que sejam varridos como pó.

155
Ex-homem
Vai a máquina devorar o homem,
O homem que criou a máquina
Para ter tempo de sentar-se
à sombra larga da mangueira?

Vai a máquina substituí-lo como engrenagem
Na solidão povoada da linha de montagem
Que se entende até o vermelho do horizonte?

Deve o homem louvar a máquina
Como um Deus frio e estático
Por emancipá-lo da escravidão,
Essa (in)voluntária servidão?

Ou será a máquina o coveiro
A enterrá-lo vivo no canteiro
Das obras públicas inacabadas?

Vai a máquina libertar o homem
Para que ele vague pela terra
Sem paz, sem rezas, em guerra
Pelo seu derradeiro emprego
E um jugo que lhe dê sossego?

Quem sabe? Quem pode prever?
Talvez um programa de computador.

156
CÁGADOS
Os moradores de rua carregam um oco nas costas
Tudo o que sempre fazem nas tardes são apostas
A serem quitadas por um Deus na eternidade.
Levam por onde andam as suas carapaças
E um complicado leque de velhas trapaças
Para enganar o frio, a fome e o tempo.
Enterram os ossos gelados nas calçadas
E contemplam o céu entre baforadas
Que se espiralam feito certas lembranças
De quando eram homens como crianças
E viam os patos voarem para o norte
De peito estufado na altivez do porte.
Jamais rezam os moradores de rua
Mesmo quando olham para a lua
Nada pedem, condenam ou choram,
Dificilmente por algo eles imploram,
Salvo, quem sabe, por um cigarro
Cuja bagana cobrem com um catarro.

Os moradores de rua não têm lágrimas
Para gastar com esperanças perdidas.
Vivem como os filósofos estoicos
O que outros homens, paranoicos
Identificam como furiosa perseguição.
Os moradores de rua perderam o rumo do paraíso
Aguardam tranquilos a morte salvos pela perdição.

157
RASTROS
A tarde era tão mineral quanto um bicho fossilizado,
Árvores retorcidas imploravam por água e sombra
Meus pés enterravam-se na poeira das poucas ruelas
Era uma estrada que se curvava para evitar o Uruguai
Como, antes, as almas dos índios fugiam do Paraguai
Senhoras avançavam enfeitiçadas pela chama das velas
Casei num sábado enquanto velhas descascavam pêssegos
Da infância guardei apenas o aroma de figos maduros
E certos mapas mentais que não me tiram de apuros
Sei que morrerei num final de tarde com cheiro de fruta,
Um crepúsculo que se apagará como as luzes da estação
Fazendo do meu corpo o que sempre foi, uma gruta.
Nesse dia, então, eu me tornarei pedra, pêssego e pó.

158
SUAVE BALANÇO
Num final de tarde fiz o inventário dos poemas,
Dos amores, dos gols perdidos e dos enfisemas
Que tornam o homem um personagem com biografia
E a existência um voo na solidão do escurecer.

Lavei as mãos no velho riacho de água fria
E, por um momento, virei criança e peixe,
Pássaro, sapo, potro, raio de sol e feixe.

Facho de lembranças, de figuras e fonemas
Que se cristalizam na liquidez da vida
Como uma conta que jamais será paga
E cortará para sempre como uma adaga.

Contei tudo o que fiz, até o que não me diz
E deitei para sorver o que ainda me resta
Como um soberano no seu trono da infância,
A um passo da esperança que tudo empresta.

Esperava-me o meu cavalo, um cabo de vassoura,
Alazão da noite rápido como o cruel azougue,
Fiel como só pode ser a madeira feita de lei,
No lombo do qual sempre me senti um magro rei.

Junto, uma lança, uma bola e a tesoura
Da qual preciso para recortar o passado
Até o amanhecer cristalino como um lago.

159
DESVÃOS
Então, quando a lua saiu, me transformei em aquarela
E nunca mais parei de escorrer por uma pálida ruela
Somente depois que os pássaros mudaram de estação
Pude compreender cada pio na tristeza da conurbação
Desde esse dia, que não marquei no calendário,
Avanço no tempo como um albatroz marrom
Ligeiramente demente, mas dentro do tom
Deixando rastros na areia do abecedário

Que se espalha no céu até se perder na luz
Das últimas estrelas trançadas em cruz
Ao amanhecer, me acham no infinito
Não percebem que sou uma ave sem plumas
E um cão sem dono contemplando o abismo
Das pernas das mulheres e dos cantos escuros do sol.

160
VINTE CANÇÕES DESESPERADAS E UM POEMA DE AMOR
Na adolescência, eu li Neruda e sonhei com Teresa,
Negra, magra, bela como as noites de lua triste,
Suave, quente, risonha, com gosto de uva e pêssego,
Barco à deriva no lago das minhas lágrimas infantis,
Lembrança inflamada em meus pensamentos agora senis.
Nos longos invernos de Palomas, eu me desesperava
E, enquanto o minuano assoviava, eu me acariciava,
Poesia erótica e telúrica escrita sobre revistas
Que eu lia para não pensar nos abismos da retina,
Pecado bom, alegria, desatino e suave ravina.
A tarde no pampa era um poema de amor sobre a mesa
Coberta com uma toalha xadrez e com os meus medos
Vinte canções malsinadas sangravam em meus dedos
Até que o desejo as convertia em gotas de vinho
O dia nascia enrugando as páginas e meus lábios
Eu beijava os poemas tão tristes, tão sábios
E jorrava dentro de Teresa que não estava lá.

•

161
FRESTAS
Minha alma tem rachaduras
Por onde passa o vento
Meus olhos são fechaduras
Por onde espio o tempo
Tudo se esvai como um domingo.

Minha alma tem fechaduras
Que me blindam contra o tempo
Meus olhos são rachaduras
Por onde se espreme o vento
Como um navio que se afasta

Até o horizonte se apagar como uma vela.

162
INSÔNIA
Acordo no meio do pesadelo
Com a alma ardendo na boca
Pendurada num fio de cabelo
Minha vida se chama de louca.
Vizinhos alertam a polícia.

A tristeza dentro da noite
Rói como o rato silvestre
Que lacera a relva em açoite
Na solidão da manhã rupestre

Tudo é pedra na solidão da luz.

Aprendi com o mestre da ironia
A não estar jamais em sintonia
Nem me achar onde possam me esperar
Salvo quando fugir para Samarcande
Ao encontro de quem não posso amar.

Sob o aguaceiro, volto à infância
Território de onde nunca pude sair
Cavalgo só para a velha estância
Torno-me poeta enquanto enlouqueço
A demência é uma parte do recomeço

Essa parte que lembra um tropeço
Antes do voo que se estilhaça
Contra as asas em fogo do pássaro.

163
QUADRO A QUADRO
Deixar a luz fulgurar na mente
Enquanto a água vaza na pia
E os pássaros numa ira demente
Navegam na contracorrente vazia.

Pronto, pronto, tudo se foi, pronto
É só o vento sibilando, esse tonto
Pronto, pronto, o pior já passou
Era só o tempo que se enganou.

Abrir o pensamento para a loucura
Das palavras germinando como sementes
Numa profusão de corpos todos dormentes
E de gestos perfeitamente esculpidos.

Temer na espessura da noite a languidez nua
Da figura que desfila na frieza do silêncio
E se esgueira por entre móveis descarnados
Numa passarela de vultos aflitos com a lua.

Pronto, pronto, não há por que ter medo
Era só a vida, essa doida, voltando da rua
Pronto, pronto, já se foi, tão cedo
A vida não se repete nem mesmo como farsa.

O sol, porém, a faz arder como uma garça.

164
CALEIDOSCÓPIO
Desço do monte ao cair da tarde azul
Desço do monte triste rumo ao sul
Deixo para trás um rosário de preces
Para ti que solitária ainda teces
A manta que cobrirá nossos sonhos
Carrego minhas pernas nas costas
E uma sacola de cenas dispostas
Para as necessidades da viagem
Tenho todas as cores na alma
Vermelha é essa minha calma
Que se confunde com o alaranjado
Do crepúsculo antes de ser apagado
Pelas pedras que rolam da montanha
Branca é a melancolia do gado
Que pasta na verdura da estrada
Olho nos olhos pesados do animal
Deixo escorrer lágrimas de metal
A noite me envolve pálida de dor
Eterno é o anil das madrugadas

Que vertem sangue no cinza das ruas
E nas capas de velhas revistas
Abandonadas em bancos de praças.

165
Do outro lado

Parei na frente do espelho
E olhei a passagem do tempo
Com a lentidão dos meus reflexos
Cansados pelos brancos da idade.
Lá fora, um cão latiu de velhice,
Mais uma tosse que um rosnado,
Enquanto um trem soturno
Apitou na curva da infância
Como um fantasma noturno
Capaz de despertar minha alma
Dos medos, remédios e tédios,
Pânico, rivotril e vinis.
Espiei pela janela o Antunes,
O padeiro sempre deprimido,
Passear o seu cão na calçada,
Alheio à fumaça da cidade,
Espiralando-se no céu nublado.
Antunes parou de repente
Levou a mão ao rosto
Parecia que enfim pensava.
Em que poderia pensar?
Na vida sem transcendência?
Na sua falta de paciência
Com os pães e os clientes?
Nos seus novos e caros dentes?
Na sua tão rala descendência,
Prole extraviada pelo mundo

Ou nas coxas da Maria Alcinda?
Pensei em mim e no Antunes
Cada um no seu fundo,
Cada um na sua ilha
Sem ao menos uma filha
Para servir de ponte ou abismo.
Cada um no seu universo,
Canto de onde eu cismo
Com a nitidez do espelho.
Assim estamos, Antunes e eu,
Separados só pela nossa rua
E por essa verdadezinha nua
Da transparência obsoleta
Da obsolescência enigmática
E de um quilo de biscoitos
Que não paguei nem apreciei
Num tempo de massas e utopias,
De revoluções e parcas alegrias
Escritas sob medida e encomenda
Para uma novela de televisão.
Antunes teve um câncer
Eu tive um amor de verão
Antunes fez quimioterapia
Eu experimentei a alquimia
Ele já recebe a sua pensão
Eu recuso a aposentadoria
Não quero ficar como o Antunes.

166
Obsessão
Morrerei em Palomas
De onde nunca pude sair
Morrerei em Palomas

Mesmo que seja em Paris
De minhas fugas e ardis
Morrerei quando cair
Na tarde tristonha
O aguaceiro nos campos
Do veterano Machado
Onde se canta Vallejo
E se ouve o achado
De um violão insepulto
Ou o choro do bandônion
Soando como um indulto
Morrerei em Palomas
Ao cair de uma noite
Que nadie quiere cantar
E que não poderei olvidar
Morrerei como canto
Na varanda de casa
Casa verde do pampa.

167
CROMATISMOS
A relva crescia suja na parede do canal
Tufos verdes sombrios na banalidade do mal
Imagens frescas e cruas em tamanho natural
Águas turvas na clareza do retrovisor
Um homem despiu-se e começou a nadar
Era eu apagando sonhos na lâmina da água
Arranquei a grama e com ela toda a mágoa,
Colher amarga de um líquido depois do mel.

168
O AMOR
Aquilo que fizemos juntos ficará
Como mãos entrelaçadas na manhã
Colar de conchas em nossa nudez
A tua boca me contando segredos
Enquanto, selvagens, meus dedos
Desbravam tuas selvas e ardores.
Aquilo que sonhamos juntos arderá
Como os nossos corpos na milhã,
Catedrais em chamas na lembrança
De uma fotografia no mar da tarde,
Braços soltos no ar numa dança
De barcos, crianças e astrolábios.
Aquilo que fomos sempre brilhará,
Sol poente engolido por estrelas,
Enquanto desaparecemos à noite
Deixando rastros na luz da lua.

169
SEPARAÇÃO
Lá fora a vida ainda se faz,
Musgo na parede da memória,
Veludosa a pele de pêssego,
Lembranças, juras e punhais,
Areia marejada de cristais
Das tuas pegadas de coral
Repetindo a sorte do adágio
O Sul não é o único norte.
Lábios vermelhos de marfim,
Gaivotas adejando o mastro
Na rota de um barco carmim,

O amor na curva do seu fim
Até o apagar da rosa ébria
Na lâmina triste do corte.
São teus passos na calçada
Dolorosa canção desesperada
Enquanto ondas se encorpam
devorando escorpiões azuis
E meus braços te enlaçam
Na solidão do naufrágio.

170
O TEMPO
Então virei de costas e vi o tempo que passou
Eu estava ali ainda agora contemplando a chuva
E pensando na suavidade das tuas mãos finas
Como essas esquinas por onde o vento dobra
Até se perder numa sobra de vida que parou.

Andávamos, tu e eu, em busca de um cão
Um cão azul que nos olhasse de soslaio
E coubesse como um gatinho num balaio
Para ser embalado no trem das horas
Vagas que se levantam e assim se vão.

Nessa procura se foi langoroso o verão,
Um verão, uma primavera, um inverno,
Um ano, dez anos, todos de estação.

O outono nunca parei para contemplar
Eram só folhas amarelas tão passageiras
Costumeiras tardes de amor nas soleiras
De portas entreabertas ao deserto dos anos.

Às vezes, teu olhar me afagava triste
Às vezes, eram os teus seios em riste
Que me anunciavam a morte do homem.

Assim, entre chuva, vento, bruma e sol
Uma cordilheira de rugas no rosto
Me devastou na mesmice do posto.

Até que me tombou junto aos pés
Um suspiro sem o menor desgosto
E o beijo no varal do que não esqueci.

171
Encontro com Deus
Eu vi Deus sentado à mesa de um bar
Caía a tarde com o vagar da filosofia,
Punhais, estrelas, pingentes e faróis
Acendiam-se na certeza lenta da noite,
O enigma da vida lambia como o açoite.

Deus bebia a sua cerveja e via o mar
Sem metafísica nem a menor ontologia,
Ele examinava a perfeição da sua obra
Nas curvas da montanha e de uma bunda,
Sinuosas como a malícia de toda dobra.

Os passos da mulher que a curva ostentava,
Como uma deusa quase nua, salvo pelo véu,
Desenhavam na areia o caminho até o céu.

Só havia ondas e o mistério da maresia
Nos olhos marejados do Deus maravilhado,
Embevecido com a naturalidade dos seus.

Era um Deus contente e até mesmo ocioso,
Um Deus moreno e sedento como a terra,
Que se permitiu bocejar preguiçoso
Ao perceber a delícia do sétimo dia,
Todo ele contra a morte em guerra.

De repente, mordeu o lábio e sorriu:
"Para onde vão essas criaturas que fiz?
Hoje, ordeno que cada uma seja feliz".

E pediu mais uma estupidamente gelada.

172
FORA DA CURVA
Então eu comecei a andar rumo ao passado,
Mas não um andar de quem caminha,
Somente o andar de um desaninhado,
Assim como uma dobradiça ou um desserviço,
Estranho, curvado, como galhos sem viço,
Esse suave balanço de quem tem pena.
Na caminhada eu me despi do acumulado,
Que não era pouco embora fosse tudo.
Deixei na rua copo de vinho e passaporte,
Mas também um perfume sem nome e um amor,
Um livro sem capa e a capa de um livro,
Um disco de vinil, um pen drive e uma cartola.
As marcas do amor na tatuagem, e do esporte
uma lesão que quase me custou uma perna.
Passou um mendigo a bordo de uma estola,
Navegando por terra como se fosse estrela,
Examinou minhas entranhas e nada levou.
De longe, me mostrou suas mãos vazias.
Devolvi-lhe uma expressão das mais vadias.

Sou aquele que fui e nunca mais se verá.
Sou aquele que se reconhece no esquecimento.
Sou aquele que acena do alto da torre verde,
Aquele que dobra os sinos pelos que morrem
Enquanto as horas respingam seus ponteiros
E meus olhos se vidram em vazios certeiros.

173
SUMA TEOLÓGICA
A vida é uma tarde de domingo,
Entre julho e setembro no Sul.
Vez ou outra, há um céu azul,
Imenso despenhadeiro ao avesso
Por onde despencam as almas
os sapatos, deuses e palmas
soprados por um diabo travesso.
Alma é um edifício com mil janelas,
Todas com as persianas baixadas,
Num dia de nuvens densas e cinzas.
De longe, um menino louro espia
A fresta que se abre na maresia:
É o seu espírito fazendo xixi.
A gente olha os prédios, os carros,
As ruas, as árvores e os escarros
Que se acumulam nas calçadas frias.
Por trás de tudo isso, uma lembrança.
Certa noite, anos antes, na infância
Havia uma menina que sorria para a lua.
Depois disso, abriu-se uma estrada nua
Por onde transitam os que a viram morrer.

174
CADEIRA DE BALANÇO
A poesia que envelhece em mim
É uma tristeza com suas rugas,
Histórias, fracassos e sedas.
Amarga senhora que não morre,
Amante quando estou de porre.
Tento capturá-la numa fina rede,
Mas ela me embala na poltrona,
Me empurra na cadeira de rodas
E me faz crer que eu a domino,
Quando, no amarfanhado da cama,
Jogamos, talvez, a última dama.

175
SOLIDÃO
A lágrima que vaza o olho
Mancha de sangue o molho
Das chaves que abrem o céu.
Olho a parede como um espelho
E não me reconheço no reboco
Que maquia a minha biografia.
Caminho no vazio do tempo
Medindo distâncias milenares
À espera do inverno da vida
Que me beijará com seus ventos
Enquanto grades e detentos
Contemplam a alma da prisão.
Deus me deu a luz e o pão
Com o qual me cubro à noite
Até o adormecer dos galos
Na melancolia dos quintais.

176
IMAGENS
Tento agarrar a palidez da aragem
E prendê-la com um fio de cobre.
Fico por horas na lua absorto,
Sou dos que ainda olham o céu,
Dos que veem inocência no réu,
Dos que se banham na margem.

A margem é tudo que sempre tenho,
Meus dedos suavemente inertes,
Meus olhos da cor do deserto,
Meus lábios depois do beijo,
Minha alma antes da oração,
Meu corpo no meio da tempestade.

Quando a chuva me banha na tarde,
Descubro a ternura da contrição.

Adulto que não brinca como criança,
Adoece, deprime-se, já não dança,
Esgueira-se no corredor da morte,
Sabendo que a sua linha de corte
É a memória puída no aniquilamento.

Caminho no fio áspero da navalha
Com os pés curvos como uma calha
Até me cortar no esquecimento.

177
SOBRE O AMOR
Penso sobre a filosofia do amor
Sei que é um penhasco a meu dispor
Penso sempre na geografia do amor
Sei que é um riacho contra o mar.

O amor é uma ilusão que se repete
Pegadas numa praia sem gaivotas
Rajadas na solidão de uma estepe
Lembranças de paixões devotas.

Sei que falar de amor é anacrônico
Sei que escrever poesia é crônico
Poesia de amor é inverno passado.

Memórias do que não se pode contar
Mal de séculos que o tempo congelou
Sopro de vento que o desejo amarelou.

178
DEFINIÇÃO DE VOO
A vida é um ponto fora da curva
Um rio verde se desvia da terra
Um pássaro azul mergulha na serra
Longo, longo, longo é o caminho
Como uma lenda narrada à noite
Um menino desenha o mundo sozinho
A velha cansada se rende à morte
Estampa o sorriso da memória triste
É o rosto da mulher depois da sorte
Campos, aves, cavalos, vento norte
O velho relógio dentro da estante

As rosas sobre a mesa distante,
O quadro esquecido na parede nua
A escultura dura na madeira crua
A lâmpada inclinada para a rua
Esquecimento na margem do rio
O abraço na quentura do frio
Aquela noite que se fez mar
O oceano dentro de um andar
Apito do trem contra a ventania
Botões pendentes na velha camisa
Uma página manchada de café
Ditados inúteis antes da janta
A paixão esfriando ao relento
E o uivo que me corta a respiração.

179
COMPOSIÇÃO EM ESTADO NATURAL
A geada era um cristal cobrindo o verde dos campos,
O minuano assobiava durante a noite como um terço,
O vilarejo dormitava lento e triste como um berço.
O cheiro de café abrandava a melancolia,
Clareira entre as nuvens feitas de elefantes.
A respiração dos animais era uma fumaça vã
na solidão da manhã que se espreguiçava,
enquanto mulheres suavam de uma febre terçã.
Os meninos iam para escola calçando congas,
Homens fumavam palheiros em baforadas longas.
A professora ditava: futuro, equinócio,
honestidade, política, cultura, frio,
liberdade, fogo-fátuo, rosto, calafrio.
O sol sorria amarelinho pelas frestas,
Parecia encarangado, cheio de arestas.
A vida cabia num caderno de caligrafia.

180
REDEMOINHO
Esses ventos solenes do Norte
Jamais soprarão a minha sorte
Talvez dobrem pela minha morte
Ou esculpam árvores no céu.

O que corre em minha alma
Raras vezes tem a calma
Das navegações em alto-mar
Dragões não dormem ao luar.

Para sonhar que pensas em mim
Meu corpo se contrai
na memória do beijo
E se endurece na cor do marfim

Leões morrem de solidão e desleixo
Enquanto meus sonhos se perdem
Nas lembranças do último vendaval.

A paixão é um veleiro no cais,
Vulcões devoram a fogueira do sol.

181
SUL
Ah, essas lembranças que nunca descansam,
Memórias do homem na frutificação do corpo,
Recordações que rasgam a carne e o sexo,
Imagens de manhãs e noites sempre tardias,
Um menino e seu cavalo, o fogo em que ardias,
Uma menina e seu cachorro, gritos do povaréu,
A alma do velho Juan extraviada no céu.

Essas lembranças que matam de tanto viver,
Que pedem para lembrar de sempre esquecer
E vivem como feridas na solidão da pele,
Enquanto o coração só pede que se martele
O quadro da infância, a estação de partida,
O sol rasgando uma fresta entre os seios,
A chuva abrindo sulcos nos entremeios
Dos beijos, dos seixos, das luas e arreios.
Essas lembranças que não se cansam de matar,
Um livro no meio da tarde, a neblina que arde
Como uma vela no negrume da esperança precoce.
Lembranças do pássaro que voou naquele dia
Do potro que disparou na alvorada fria
Da vida que se esgueirou na maresia
Da lagoa onde conchas nasciam vazias.
Essas lembranças que não me deixam morrer
Porque precisam de mim para me esquecer.

182
Faz sentido
Eu provei a aguardente da bica
Enquanto a manhã encanecia
E meu braço flanava como um pântano
Na contramaré dos ventos macios
Eu me deixava espairecer à sombra
Dos cavalos em parceria com as flores
Na vastidão de um pomar de licores.
Meu corpo lerdo queimava sândalos
Minha língua soprava córregos
Tudo fazia sentido na algaravia
Era o teu nome que renascia.

183
Passado a limpo

A vida é uma tarde que nunca termina de anoitecer
Ou uma noite que desce como um pálido relâmpago
Teu corpo, tua boceta que eu comia aos prantos,
Um quarto repleto de livros e de roupas brancas,

Uma mulher balançando docemente as suas ancas.

Uma nesga de céu por trás dos magros edifícios,
O alaranjado do sol caindo sobre o tédio do rio
Uma menina alta de olhos azuis transida de frio.

O riacho sumindo na mata como um voo de condor,
A lua branca sobre a crua tristeza do arvoredo,
A timidez do pequeno cão paralisado pelo medo.

Meus passos, teus passos, nossos anos passados.
Quando foi tudo isso? Onde andamos ainda hoje?
Cidadezinhas esquecidas, praias entristecidas,
Teus seios acariciados nas madrugadas quentes,
Castelos de areia, mãos dadas, baseados.

O silêncio recortado na parede do quarto
Desapareceu na janela sombria dos anos,
Levando com ele as fotografias do parto,
Imagens, paisagens, viagens, esquecimentos,
Por quem brilhava o negrume dos teus olhos
Quando o rio arrastou consigo a luz da noite?

No esplendor dos sábados que se perderam
No dorso dos corcéis, à sombra do coice,
Roletas, peladas, figurinhas nas calçadas,
A folhagem farta do umbu, porcelanas azuis,

Minha avó varrendo o pátio e fazendo café,
Meu avô fumando silencioso e já sem fé,
O potro solto no campo farejando açoites
Velhotes sacudindo as suas turvas foices
E a água do poço molhando faces sem colheita.

Quem era ela, quem era aquela que se desfez?
Era a minha amiga de classe ou a estrela d'alva,
A garça equilibrando-se sobre o espelho d'água
A menina que não beijei nem percebi sua mágoa
Colorido da tarde na solidão dos galhos secos
Meus pés brincando nas poças depois da chuva
Uma beleza imensa de não caber nos olhos,
A vida vazando num conta-gotas de orvalho.

Nunca mais será.

A aridez da planície depois do rastro da fera
A placidez da pantera antes do salto no escuro
O olhar do velho cumprimentando a morte
O rastro do pássaro no voo da rapina.

Para sempre será.

Vi o claro na palidez da noite
E o escuro na solidão da luz
Eu vi o sangue caindo da cruz
E o homem abrindo os braços
Para cingir a água da chuva
Eu vi a morte fazendo a curva
E a sua alma se tornando turva

Só não vi a vida passar.

184
Promontório

Sangrei a boca na tua vagina
Salguei a carne na tua resina
Singrei teu corpo como uma sina

Segui dos teus olhos a maresia
Senti nos teus seios a paresia
Saltei quando já me esquecia

Um momento estive lá
Entre as tuas pernas
Nessas lides eternas
Contando perdas e danos.

Na tarde triste que caía
Eu te segurei com meu beijo
Enquanto tudo mais me traía.

Hoje, passados tantos anos,
Te procuro no ciberespaço,
Como um cão no teu encalço
Farejando a vida que fluía.

185
Sem retorno

Já é certo que não voltarei ao campo
Onde cresci como um alegre pássaro
Dando voos rasantes como um abraço
Nas águas em que cumpri a inocência.

Quis comprar um pedaço da infância
Cheguei a acertar preço a distância
Antes de perder pé como um náufrago
Soterrado pelas verdades do tempo.

Nunca voltarei ao reino presumido
Dos sonhos riscados dos mapas
E das terras além do território

Serei um aventureiro de escritório
Contabilizando o mundo esquecido
Por adultos de asas cortadas.

Mesmo assim, aos sábados, voarei por teimosia.

186
Legado
O que entregaremos ao futuro
Um mundo maduro e sem poetas
Um arenoso deserto de imagens
O homem na plenitude do escuro?

Não sei as respostas que me espreitam
Sei que fui menino numa foto desfeita
Colhia frutas vermelhas na mata espessa
Via a curva do arroio como um aguaceiro
Cada raio de sol me acendia um vespeiro

A infância é que me recebe na velhice
Um lençol de águas numa vazante estreita
Fantasmas, cavalos, pandorgas, vogais
E os meus sonhos pendurados em varais

Colecionei espantos, medos e lápis de cor
Aos que vieram depois de mim ficará o luar
Essa abstração da luz na imensidão da noite
E a certeza de que só matei aula para voar.

Nunca perdi a esperança de aprender:
Aprender a escrever um grande poema,
O poema da humanidade reconciliada,
Começaria assim: era uma vez o amor.

187
ITINERÁRIO
Escuro, escuro
Um ponto no futuro
Denso, triste, duro
Ah, como ainda dói!
Escuro como o futuro
Duro como a tristeza
Sólido, árido, eu juro
Um homem de porcelana
Uma imagem de Veneza
Mariana pondo a mesa
A cortina feito um muro
Lavadeiras sobre águas
Moças com suas anáguas
Pernas abrindo lençóis
Figurinhas em vitrais
Azul só de metileno
O céu como uma abóbada
Latas de anil turquesa
O cão deitado no portal
Soldado de chumbo abatido
A voz rude nos jograis

Uma alegria por semana
O vermelho da locomotiva
O desbotado da pátina
O preto quente dos trilhos
A fome ranheta dos filhos
Escuro, escuro, escuro
Ponte sobre o rio impuro
Águas que nunca voltaram
Ah, como isso me remói!
Na placidez da tarde
Com a febre que arde
O menino pergunta:
Pai, o que é a morte?

188
O TEMPO
Carrego meus fantasmas
Dentro de um armário
Entalhado no peito
Eu sou o que tenho feito
Apesar do grande defeito,
De sonhar mais que o pássaro,
Que voa sem fazer cálculos.
Eu sou eu e os meus cacos
Uma caneca de louça sem asa
Uma latinha de pastilhas
Fotos de minhas filhas
Lembranças feito ilhas
De um futuro no passado,
O presente encarcerado,
Lobo depois das trilhas,
O olhar depois das chuvas.

189
ONTOLOGIA
Só posso imaginar a morte
Como a solidão eterna
E é isso que me assusta,
Esse silêncio absoluto,
Essas pegadas de gaivota
Num tempo resoluto
Da poeira universal
Nuvem que não se move
Voz que jamais ecoa
Alma que nunca voa
Para abrir a porta
Estar só para sempre
Na imobilidade do ser
Sem poder esquecer
De si mesmo e da sorte
Haverá maior sofrimento?

190
ESCULTURA
Olho meu passado como quem revive
A migração de uma andorinha
Segui meus instintos e as estações
Embarquei em trens e desci de aviões
Sozinho, sei que não fiz verão
Em bando, sonhei com a fuga
Andei por terras estranhas
Naveguei em minhas entranhas
Dormi com mulheres suaves
Por vezes acertei as traves
De campos estendidos nos céus

Chorei quando me senti em casa
No percurso, quase perdi asa
Em certos portos, só fumei
Em outros, deixei um filho
Sinuoso feito uma lâmina pálida
Curvo como a chama numa navalha
Inscrevi meu nome num entalhe
Ainda busco o meu destino
Sigo o voo dos estorninhos.

191
CHAPEAU!
Olho para a estante
Vejo a lua distante
Meu corpo se afasta
O sonho já não basta
Quero falar com Deus!

Estendido nesta cama
Atravesso o universo
Minha alma é o inverso
Do prometido aos meus.

Sou um inverno chuvoso
O breve líquido leitoso
A poesia que já morreu.

A canção que se repete
O riacho transparente
O time que não compete
A lembrança do escrete
A vida tão aparente.

Se não morro, escorro
Se não vivo, socorro

Contemplo meu chapéu
Branco como um véu
Ele se descobre assim
Numa reverência ao fim
Seu nobre adeus para mim
De sol a sol, por anos
Até o triunfo das sombras.

192
PERFUME DE ESTAÇÃO
Entre as minhas alegrias
Uma das últimas iguarias
Está olhar a chuva

Essa chuva de verão
Com grãos platinados
Que me traz o passado

Entre os meus espantos
Está essa velha alegria
Com as chuvas do passado
E os verões do olhar

Estendo as mãos na janela
Recolho os pingos em cantos
Molho os olhos de lágrimas
Que se confundem com vozes

A chuva vem da infância
Metafísica da existência
Território dos algozes
Junto às frutas do pomar

Olho a chuva e viajo
Vejo Anas e Fátimas
Lírios, mel e trilhos

Olhando a chuva aprendo
Com as metáforas mortas
Sobre a nudez das paredes

Cada pingo, cada banho
Cada chuva, cada nuvem
É a narração da história

Quando enfim me recolho
Tenho os braços lavados
Com o perfume da memória.

193
IMAGENS EMPRESTADAS
Não é todo dia que vemos desta grua
Duas rosas vermelhas sangrando a lua
Cortada por esta faca sobre a mesa
Com a sua virgindade azul-turquesa

Quantas vezes já se quebrou a moldura
Essa vela acesa na chama da demência
Onde choram cavaleiros da inclemência
Para se invadir a solidão da pintura?

Estrela esquiva do cavalo negro
Ópio de cristais quase perfeitos
Vagos jardins de céus rarefeitos

Tudo se reflete na parede da história
Esse vasto painel da perdida memória
Molhando a terra com sangue de rosas.

Rosas metálicas da lavra de Mc Bangu.

194
Pirataria
Poetas desde sempre cantam a lua
Porque sabem dessa crueldade nua
Que é compor com as mãos vazias

Poetas roubam imagens da lua
Porque sabem que qualquer rua
É milha que se tem de percorrer
Antes de ver o sol e de morrer

Poetas repetem palavras e imagens
Saqueiam, matam, aram terra alheia
Porque sabem que a arte é uma veia
Onde se injeta o sangue dos piratas

Poetas usam palavras corriqueiras
Porque têm as certezas derradeiras
De que a morte é uma musa vadia.

Musa que tira tudo e cobra caro.

195
CORPO DE VIDRO
Tenho o copo entre as mãos
Como se fosse o meu corpo
Cristalinamente transparente.
Um corpo que se mostra vazio
No meio das minhas mãos cheias
De marcas do que nunca mais serei
Corpo com adensadas curvas
E águas sempre mais turvas
Como rastros úmidos da lei,
Essa lei da terra que eu sei
Me cobrirá como um caco
Quando o copo se quebrar
Sem mais nada a derramar.
Então serei poeira e vento,
Solidão, grama e um lento
Gemido de galho caindo
Entre o mar e a noite
Espaço-tempo da sorte
Ou apenas da morte?

196
JARDINS SUSPENSOS
Às vezes, penso que meu corpo
É uma ravina cheia de flores
Como ensina a dor dos cânticos
que me cortam os lábios secos
Caindo no chão dos ancestrais
Minhas unhas são cactos
Que se unem em pactos
Com aguadas selvagens

Onde dançam patos nos veios
Que me umedecem os dedos
Rumando para mares abissais
No meu coração crescem avencas
Metálicas ramificações de sonhos
Conservados em ódio e pimenta
Onde crua e voluptuosa rebenta
A tempestade que me consola.
Sou uma orquídea no abismo
O soluço lírico num cismo
A pétala que se petrificou
A mensagem do pergaminho
A poeira que ficou do caminho
A luz congelada na força do raio
A humilhação nua do lacaio
A flor do campo no asfalto
A loucura dentro da noite
O látego indomado do açoite
A rosa que se desconhece
O lenho que já não aquece
O voo antes do pássaro
Um canteiro nas nuvens.

197
Definição
O amor é como um passo
O nó convertido num laço
Quatro letras do inferno
Quatro tempos do eterno
O sol depois do inverno
Vai nessa rubra ilusão
O silêncio da solidão
Gotejando ao anoitecer.

198
RASANTE I
Nas asas da gaivota que eu parti
Dessa terra sem mar longe daqui
Minhas armas jaziam na África
Meu coração ardia doce páprica
Às margens vastas do negro Congo
Silvo, suave, melancólico e longo
Vento quente me leva de volta
Para esse campo suave onde nasci
Cabelo solto num sorriso franco
Destino incerto, página em branco
Voo na solidão estranha da saudade
Lua, lenta, rola a luz do amanhecer
Me traz de volta a vida que eu sonhei
Traz de novo o sonho, que eu voltei
Ilumina a rosa triste que eu parti.

199
PROFISSÃO SEM FÉ
Definitivamente não quero ser cientista
Como pode ser quem fala de humanidades?
Sou reles comentarista da vida nas cidades
Onde homens e gatos deslizam ao cair do dia
Perdendo-se nas noites, essas musas vadias
Passo por certezas que andam pelas ruas
Como se fossem minhas ou suas
Perambulando até não parar em pé
Durmo amparado nas paredes da Sé.

200
Maresia

Daqui onde me encontro, sob coqueiros,
Eu vejo esse extenso e curvo mar azul
Não é, porém, o azul do mar que eu vejo,
Mas um edifício suspenso no ar.
Aqui, destes velhos outeiros,
As nuvens escuras que agora eu vejo
São apenas respirações artificiais
De vidas vividas sem comedimento.
Eu posso soprar ao vento auréolas
Em carretéis de inflar linhas e velas,
Mas nenhuma delas, azuis, amarelas,
Me fará movimentar esses barcos
Acotovelados em longos arcos
Na dobradura rubra do sol.
Então recuo como um caranguejo.

201
Prenúncios

Sempre pensei a vida como um abismo
Precipício sinuoso com o qual cismo
Enquanto descasco doces pêssegos
E recolho impressões das nuvens.

Sempre vi o amor como um trigal
Plantação dourada e ondulante,
Trêmula como minha alma
Secando num esquálido varal.

Sempre encarei a irrupção da morte
Como um simples e profundo corte
Abrupto recorte na linha do tempo,
Encontro entre a nudez e o relento.

Até hoje me vi como um cultivador,
Semeador de verbos e experiências
Nos sulcos cada vez mais fundos,
Dessa terra seca que é o meu rosto.

Sei que morrerei em agosto,
Pois toda morte tem esse gosto,
Esse clima, esse perfume,
Essa sina, esse lume,
Essa aspereza, esse gume
Dos pêssegos descascados
À beira das nuvens e dos abismos
Que atravessamos cruzando pontes
Magras como esquálidos varais.

202
Torre de Marfim
Quando eu enlouqueci
Pus-me no céu a cantar
Vi uma bola no ar
Vi Deus e quase desci.

No delírio em que me perdi
Quis pegar a bola nas mãos
Meus pés sumiram em vãos
Meus olhos tristes eu vi.

Ouvi nobres responsus
Achei que era o poeta
Era só eu, o asceta,
Pobre do Alphonsus.

Foi aí que como Ismália,
A desvairada da batalha,
Meu corpo desvaneceu,
Minha alma é que morreu.

203
Balanço de cadeira

Caminho suavemente para o ocaso
Já não carrego mágoas como fardos
Trago no peito insígnias de general
E a saudade de um distante carnaval.

Avanço de peito arfante para o fim
Meu corpo ainda se lembra de mim
Era verão, havia música, uma aragem
Nossas almas se tocaram de passagem.

Conto os poucos dias que me restam
Descarto os anos que não prestam
Lembro de ter vivido um grande amor
Foi antes da guerra e do sol se pôr.

Fecho os olhos para pensar melhor
Escuto a bela canção do Belchior
Sei que as velas já podem zarpar
São velas prontas a arder por mim.

204
SAUDADES DE CASA
Branqueiam as águas no Passo da Cruz,
Lá vai Dom Benito, gaúcho lendário,
Sonhador no seu cavalo de luz

Envolto num sudário
De baeta encarnada
Atravessa fronteiras
Sem medo de nada

Sem eira nem beira
Repontando a tropilha
Galopa, coberto de poeira,
O último negro farroupilha

Cavalgam solitas no peito,
Acossadas pela imaginação,
Lembranças de cada feito
Maleva da eterna revolução.

Pampa e tapera
Arma e cartuxo
Palomas espera
A volta do Bruxo

Campo e sovéu
Degola e tropeadas
Dom Benito rasga as estradas
Em busca da invernada do céu

Pachola e franzino
Sem nada de seu
Segue-o Janguinho menino
Saudoso do que não viveu

Pampa e carpeta
Trago e mulher
Palomas espreita
A última carreta.

Aurora e crepúsculo
Dom Benito e Janguinho
Marcham no escuro
Feito um gaúcho sozinho

Pampa e fronteira
Uma mesma visão
Na Palomas matreira
Tudo é imaginação

Benito e Janguinho
campeiam a solidão
Eu penso em Santana
Em verso e canção

Imagino a velha praça
O armazém literário
Causos, carreiras, baralho
Assim é que a vida tem graça.

205
LEMBRANÇAS DO FUTURO
Apalpo o veludo da noite
Com dedos de pianista
Aranhas cortam o mapa
Com rastros de sangue
São brancas as falhas,
Ocres são essas calhas

Que banham o amanhecer.
Há no fundo de mim um abismo
Lugar sereno onde me acoito
Para esperar o último açoite.
Trago no corpo marcas de amores
Na mente a finura dos odores
Que capturei pintando horizontes
A vida é um quadro sem moldura.

206
PINTURA CHINESA
Vaga lenta a vela até se apagar
Com o vento azul revolto no mar
Um pouco depois das ondas aquém
Reverbera o sopro veloz do além
Acendo uma oração ao veleiro
Relembro cruzes feitas de sal
Ando até o horizonte azular
Sei que o mar termina no ar.

207
METAMORFOSE
A ansiedade me fez poeta
A prosa já não me afeta
A glória partiu inglória
Enganadora, fugidia, ilusória
Como meus sonhos de conquistador
Agora, entre sala e corredor,
Coleciono estrelas cadentes
Pentes que perderam os dentes
Relógios parados no tempo

Histórias em que me reinvento
Com mentiras sinceras de alento
Já não tenho paciência para romances
Nem para descer do ônibus na esquina,
Com ajuda da moça que me fascina,
E tirar do caminho a Nau Catarineta
O tempo se foi levando meus projetos
Ganhei com isso em muitos aspectos
Já não penso em conquistar Mariana,
Que sempre preferiu o amor de Joana,
Nem em ser presidente da República
Às vezes ainda sonho em colonizar Marte
Passo, contudo, minhas tardes fazendo arte
Arte de passar o tempo que já não tenho
À espera da sorte que não detenho
Agora só pratico sexo casual
Mensal, semestral, anual
Minha saúde é até bem normal
Meu coração bate toda hora
Nem sempre da boca para fora
Levo num bolso Rivotril
No outro apenas um Plasil
Certos dias vou à delegacia e dou parte
Parte de mim para dizer que estou vivo.

208
Porto e navio
Posso te dizer esta noite que naufragamos
Nossas bocas se despedem enquanto aportamos
Fomos tudo um para outro na travessia
Juntos escrevemos uma sinuosa utopia

Certos dias, fui teu porto e teu farol
Em outros, foste meu navio e o meu sol
Eu busquei teu corpo como quem se afoga
Me estendeste os braços como quem roga

Sorvi alegria nos teus olhos como água
Certas noites, porém, bebi tua mágoa
Nem sempre navegamos na mesma direção

Por momentos só dividimos a embarcação
Cada um de nós fez sua solitária viagem
Agora nos separamos na luz da estiagem

Eu queria que fosses a minha casa
Tu pedias que eu fosse a tua asa
Só nos resta o vento de passagem.

209
Um simples adeus
Morrerei dia destes como sempre
Morrerei, porém, para sempre
Ou, ao menos, pela eternidade,
Que ninguém sabe quanto dura.

Levarei comigo a claridade
Dos olhos em certa idade,
Quando a alma pega fogo,
E o corpo é campo de jogo.

Morrerei como quem dorme
Morrerei sem tocar o alarme
Só para não acordar a tarde,
Sonolenta depois do sexo,
Côncavo, suarento e convexo.

Foi-se o homem que sorria,
Dirão quem sabe os meninos.
Foi-se o louco dos desatinos,
Fulminarão os jornalistas,
Com essa maldade assassina,
Diante da banca de revistas,
Falando da morte do impresso
E do alto preço do ingresso
Para entrar no paraíso
Ou visitar Tia Malvina,
Filha de vida anacrônica
Do lirismo e da crônica,
Onde se pode gozar por pouco
Ou sonhar com sexo selvagem.

Foi-se o velho que dormia,
Contarão talvez os jovens,
Rindo da lentidão do tempo
Sem um game de passatempo:
O que se fazia sem tecnologia?
Vivia-se por acaso de utopia?

Foi-se o homem que amei,
Todo dia digo seu nome,
Suspirará certa senhora
Que um dia foi embora
Levando meu coração,
Que nunca devolveu.

Foi-se o triste andarilho,
Como já andava maltrapilho,
Dirá a última parceira
Fitando minha cadeira,
E o vazio da oração.

Deixarei pegadas na areia
Um frasco de perfume francês,
Um carro velho na calçada,
Cartas em estilo burguês,
Pérolas, versos, viagens,
Declarações a uma sereia,
Uma, não, duas, dez, vinte,
Não contei amores defuntos
Para mim ainda estamos juntos.

Deixarei também pelo que fui,
Sem mágoas, pois tudo flui,
(Ou devo dizer que tudo rui?)
Uma discreta mensagem:
Estive aqui de passagem.
Que a eternidade seja breve!

210
HAGIOGRAFIA
Descubro tua boca na calada da noite
Poço de águas límpidas e tão frescas
Fonte clara onde borbulham mistérios
Cascata em que serpenteiam espantos
Profunda garganta onde morrem prantos
Regato sereno que se torna selvagem
Despenhadeiro de mordazes açoites
Ali jazem pedidos, promessas, gozos
E cantos que ainda ecoam sagrados.

Em silêncio escalamos nossos corpos
Perco pé, resfolego, peço socorro
Sinto, quando me afogo, que morro
Volto, no entanto, a me embrenhar
Sou um pássaro tonto em busca do mar.

Quantas vezes nos perdemos na estrada
Ouço, por vezes, um sussurro do vento
Deixo escapar um sopro que diz teu nome
Beijo teus seios e me torço em abraços
Até me apagar na escuridão da viagem.

Teus seios lembram promontórios
Teu ventre se curva como enseada
Tuas pernas se estendem como braços
Esse espaço do oceano terra adentro
Pela selva onde vicejam grãos de ouro.

Nessa travessia, vidrado em teus olhos,
Falo coisas em línguas que desconheço
Remo, navego, quase não me reconheço
Línguas de fogo, recifes, ondas marinhas,
Doces pérolas lacustres, galeões afundados,
Melancólicas pousadas, vastos coqueirais

Meu corpo te segue sem saber aonde vais
Minha boca ressecada pede sempre mais
Tudo em mim se esvai nestas lembranças:
Que foi feito de ti, onde agora danças?

Minhas mãos não esquecem tua geografia
Deslizam no mapa em busca do território
Se juntam como diante de um oratório
Só acham o fluir das águas que se foram.

211
UMA VIDA

Passamos a vida juntos
Roçando nossos desejos
Sem nunca ousar o salto
Apesar de tantos ensejos
Sem jamais tirar o salto
A roupa, o gozo, o beijo

Perdemos a cada encontro,
Ainda outro dia no Oeste,
Ainda outra noite no Leste,
A chance de selar nosso destino.

Te vi tão próxima e distante
Vulnerável como um cálice
Hesitando a cada instante
Querendo chegar ao ápice
Buscando abrigo no impasse
Oferecendo a boca ao vento
Mantendo o coração detento.

Eu me vi recitando o poema
Nós perdemos o crepúsculo
Perdemos a luz e o opúsculo
A coragem, a voz, o esquema,
A vertigem, a estrela, o fio,
O brilho especular da navalha,
A fenda, a brecha, a falha
Por causa desse escrúpulo
Cultivado como uma planta.

Não nos vimos na manhã que nasce
Não sentimos a alegria do passe
Não sorvemos a chama do enlace
Castramos a energia que imanta
Não juntamos os nossos lábios
Esquecemos nossos alfarrábios
Repletos de promessas e trigais,
Entre carícias, luas e cristais
Como uma canção apenas entoada
Dentro de uma capela com vitrais
Cada gesto repetindo nossos pais
Velhos dias, tantos anos, ilusões
Não acordamos juntos de madrugada
Para um copo de água na cozinha
Não cortamos juntos a erva daninha.
Partimos depois do último vinho
Cada um altivo, cru, sozinho.

Por vezes, eu te vi desassombrada
Por vezes, eu me vi só na calçada
Vi nossas mãos se cruzando no vazio
Vi nossas vidas se afastando juntas
Vi o tempo passando no relógio-ponto
Até a festa triste da retirada.

212
COMUNICAÇÃO
Essas vozes vindas de longe
Me dizem coisas tão próximas
Sobre esse passado presente
Que ecoa como um bronze ao anoitecer

Quem já não ouviu a tristeza de um sino?
Quem não sentiu esse corte tão fino?
Quem não vestiu a noite para o escuro?

O rio é um gato contemplando a lua
Uma ave contornando o próprio voo
A pedra que se esquenta ao sol

Eu sou a ideia que se esfarelou
A palavra escrita no pergaminho
O pássaro que prepara o ninho
A serpente que se suicidou

Eu fui a primavera no deserto
O calor no momento mais certo
A solidão do homem na massa
Um dos mortos da revolução

Eu estive perto das estrelas
Andei sozinho no monte gelado
Preguei o sonho mais elevado
Falei com espíritos então

Ouvi na madrugada o sussurro
Depois foi o poderoso urro
Por fim o pedido de perdão

Ainda ouço o farfalhar da nuvem
Os risos das meninas na estação
Ruídos do amor à sombra do umbu

Vozes se projetam em vão no futuro
Onde colho cada palavra no escuro
E me perco em correntezas velhas
Como pegadas de sabiás na areia

Eu vi Deus no velho e na criança
Vi Deus no efêmero e no eterno
Vi Deus pouco antes do inverno
Quando tudo era nuvem e frio
Tudo era estranheza e oração
Pântano, orvalho e desolação,
Casas, terrenos baldios, o rio

Menos o corte puro no ventre
Por onde o corpo tragava a luz
Que se tatuava na pele como uma cruz

Eu estive no Oriente em busca de paz
Eu estive na guerra à procura do amor
Eu fui muito longe para saber de mim
Estive no túmulo onde jaz o jasmim

Ainda sou a poeira na toalha branca
A porta que enfim perdeu a tranca
O cisco no olho vermelho do cão
A aragem que foge do furacão
A língua de fogo lambendo a mão

Eu sou a espada que furou a fila
A figura que fugiu do baralho.
O punhal que desenhou o talho
A palavra que caiu da boca

Agora estou aqui sob a figueira
Escutando essas vozes fagueiras
Que me contam notícias do céu.

Agora estou aqui outra vez ao relento
Lambendo a sede do lobo
Estendendo a mão para o abismo

Onde estarei amanhã ao entardecer
Quando as chamas queimarem o véu?

213

PASSO A PASSO
Caminhei sobre meus passos
– quantas vezes eu caminhei
Entre a melancolia e o abraço?
Cada gesto era uma travessia,
Gelo áspero no espaço sideral,
Onde vagávamos ao entardecer.

Caminhei sobre meus lastros
Para te rever no passado
Onde nada morre nem se apaga
Esse tempo que nunca passa
Esse tempo que nunca acaba
Feito o amor assassinado.

Esse lapso do intemporal
Tempo que fere como punhal
Faz chorar como um animal
Ilumina quase como um farol,
Não fosse a noite tão voraz,
Até não mais deixar rastros,
Pegadas do teu perfume.

Poeira cósmica nos astros,
Estrela perdida na desolação
Navio abandonado em Marte
Poema que sacrificou a arte
O todo que busca a sua parte
História vivida para sempre

Singrando galáxias invernais
Até acordar no fim dos tempos.

Sempre tão perto dos lábios,
Sempre tão longe das mãos,
Com esse andar esquisito,
Esse pendor para o infinito,
O beijo pouco antes da boca
A boca depois da confissão,
A vida à espera da existência.

Uma rosa na orelha esquerda,
Flor amorosa e intransitiva,
Alma clamorosa e sensitiva
A mais sinistra das faces
Marcada por um sorriso triste,
Soprada por algum vento azul
Onde pandorgas se perdem no sul.

Desenha-se nessas paragens
A cara de espanto do diabo,
Esse demônio que é a paixão,
Sofrendo as quedas abissais,
Vertigens, êxtases, orações
O olhar amarelo do irmão.

Imagem e semelhança do homem
Lembranças que jamais somem
Recordações do amante cansado
Que se perdeu da casa de Deus.

Mas os teus passos eram meus
Estranhamente como um sinal
Estranhamente de tão normal
Os teus passos eram os meus.

214
IMBASSAÍ
Mar aberto
Onda alta
Areia fina
A minha sina é te amar
Não faz mal, não faz mal
O amor é um oceano,
Barco leve, vela solta,
Onde a cada fim de ano
Eu peço a Iemanjá
Pra eu nunca te deixar.

215
CARNAVAL
Vai meu samba
Vai agora
E diz a ela
Que não vá embora

Vai meu samba
Vai sem demora
E diz a ela que sem ela
Toda a minha alma chora

Diz meu samba
Com essa tristeza de bamba
Que é simples assim
Sem ela já nem sei de mim

Vai meu samba
Diz a ela que com ela
A vida era sempre tão bela,
Cartão-postal e aquarela

E sem ela, diz meu samba,
A vida pesa como uma canga
É mar sem caravela,
Abismo sem passarela
Inverno nas quatro estações,
De Cabral até Monções

Vai meu samba
Vai nesta hora
E diz a ela
Que não vá embora

Quando estivemos juntos
Sempre tivemos assuntos
De noite nossos corpos falavam
Perdidos em abismos e desvãos
De dia as nossas vozes vibravam
Relembrando antigos refrãos

Vai meu samba
Vai agora
E diz a ela que sem ela
Até o sambista fica sem voz
Sou um rio que se perdeu da foz.

216
ESCANINHOS
A casa ronronava na maciez do escuro
Com essa doce alegria sem sapatos
Onde dormem os sonhos e os gatos
E morrem as lembranças do futuro.

217
Campeira
Passo a mão no meu cabelo branco
E relembro num suave tranco
Que eu já fui guri lá em Palomas

Passava noites ouvindo as bromas
De velhos e viajados tropeiros
Manhãs nos mais verdes potreiros
Soltando lindas pandorgas vermelhas
Sentindo a ranhura do vento nas orelhas

Passo a mão no meu cabelo branco
E relembro num suave tranco,
Como se a vida fosse uma poesia,
Que eu já fui guri lá em Palomas

Lembro das tardes passando pêssego
Do doce de figo borbulhando no tacho
Depois o mate correndo de mão em mão
A velha socando a canjica num pilão
A vida fluindo como um límpido riacho

Levo essas lembranças na mala de garupa
Basta a cada dia um estalo, um simples upa
Para eu me ver de novo, os pés descalços,
Galopando no meu petiço naqueles vastos espaços
Até abraçar o vento nas cordilheiras

Então tudo se ilumina no meu pensamento
Sou guri, pandorga, aragem no firmamento,
Um velho tropeiro sonhando ao relento

Passo a mão no meu cabelo branco
E relembro num suave tranco,
Entre um mate, um causo e um sonho,
Que eu já fui guri lá em Palomas.
Para onde voltarei como estrela.

218
SOLIDÃO
Fiquei sabendo que a poesia deve ser leve
E que o poeta agora deve ser sempre breve
Para não incomodar o leitor com suas mágoas
Fiquei sabendo que a poesia é só imagem,
Ritmo, sonoridade, algum mistério, paisagem
Pode ser poesia social, metafísica ou formal
Eu odeio os poetas que fazem decretos
Odeio os poetas que permanecem secretos
À espera da oportunidade de sacar um punhal
Toda vida quis ser poeta, artista, escritor
Sempre que tentei fui avisado do meu erro
O papel que me cabe é o de ser um bom leitor
Ou de fazer elogios aos que mandam no campo,
Pois a poesia nunca será um bom trampo
Sou um poeta teimoso, obsessivo, orgulhoso
Acho a minha poesia superior por seu peso
A imagem deve descobrir o que se esconde
Afinal, o homem não deve perder o bonde
Para não me incomodar com os poetas
Estou condenado a escrever só para mim
Numa melancolia que pode não ter fim
Mas que me liberta para falar sozinho
Erva crescendo na eternidade das manhãs

Pássaro adejando na curvatura do grande rio
Menino sonhando na impossibilidade do salto
Dor que só se explica pela vontade de viver.

219
POAEMA
Porto Alegre 247

Eu já te vi, Porto Alegre, ao cair da tarde
Com o sol enrubescendo as águas do teu rio,
Que não é rio, mas flui até o mar.
Essa língua laranja ainda arde
Enquanto te vejo, cidade, passar
Alguns dias transida de frio
Outros, dourada, pela Rua da Praia,
Que não tem praia, mas leva ao sol
Onde cada corpo como que desmaia
Entregue às brisas vindas de um arrebol.
Eu já te vi amanhecer clareando edifícios
Revelando em cada rua mil artifícios
Dessa beleza confessada aos que te amam
Só mostrada aos que todos os dias clamam
Por ver um pouco mais dos teus segredos
Nós, teus amantes, que deixamos os medos
E vamos te descobrir nos teus recantos,
Bares, praças, templos, cabarés, estádios,
Em que se despem esses eternos encantos,
Como um gol, como os ipês floridos
Amigos que voltam depois de anos sumidos,
Gaúchos pilchados, gurias nos seus ginásios,
A praça do general com seu apelido
A rua do marechal já esquecido
O beco de algum herói nunca vencido
Alto da Bronze dos anos de carmim

Velhas casas com pátio e jasmim
Glória, Cidade Baixa, Bom Fim.
Terra de Grêmio e Internacional,
Gigantes azuis e vermelhos,
Que nos servem de espelhos
Enquanto regamos tuas flores
E honramos as tuas cores
Com nossa límpida devoção.
Eu já te vi anoitecer no carnaval
Iluminando estátuas de poetas
Apagando o bem, o medo, o mal
Para nos consumir nas tuas festas.
Até o dia nos receber nos seus braços
Cobrindo de indulgência nossos passos,
Cidade sinuosa na qual me acho
Desde que em ti para sempre me perdi.

220
META FÍSICA
Da janela olho o verde do parque
Estou sozinho entre os livros
Vendo as novas pedras crescerem
A ave que passa diante de mim
Tem a cor metálica da solidão.

Examino os olhos dos edifícios
São frestas límpidas e tristes
Que piscam para deuses pálidos
Enquanto os servos trabalham.

Sou o homem totalmente novo
O super-homem saído do povo
Máquina reluzente sem falha
Que todo dia devora a maçã.

Estou sozinho nesta sala
Contemplando a multidão
Sou a antena na montanha
Captando as vozes dos reféns.

Em mim, o pássaro de bronze.

221
PONTO DE VISTA
Estou no meio do mundo
Estou sozinho no fundo
Vendo a margem do rio
Percebo luz na correnteza
Figuro no mapa-múndi
Cavalgo na escuridão
Conto estrelas ao amanhecer
Enquanto pássaros renascem
Para ver o sol na lâmina d'água.

222
GAUCHADA
Acordo cedito de madrugada
Abro a janela pra ver a geada
Visto alquebrado a bombacha
Não sei se a vida me acha
Só sei que o dia me chama
Só sei que a carcaça reclama
Cevo o mate com mão de borracho
Ponho o chapéu de barbicacho
Saio pro campo num zaino vistoso
E tudo está lá: campo e lagoa,

Mato e cachorro, um vento sedoso,
Léguas e léguas para se olhar
Anos passados para lembrar
A vida correndo num galope grave
O cabelo branqueando a cada oração
As rugas sulcando um pergaminho
Neste meu rosto de gaúcho sozinho
Nesta minha alma antes tão suave
Então eu me sento na cama e sorrio,
Ouço o minuano e também assobio
Sei que reponto uma tropilha de imaginação.

223
PARÓDIA DE VERÃO
Mas se quiser me ouvir
Basta um dia me seguir
Basta um dia me pedir
Pra segurar a tua mão.

Vou pelas encostas
Faço minhas apostas
Se tenho fé em oração
É na forma de canção

Vou pelos subúrbios
Sofro dos distúrbios
Que tua ausência cria
Contigo aonde eu não iria?

Sou aquele que procura
Sou o mesmo que ainda jura
Seguir o teu perfume
Como uma luz no escuro

Seguir a tua chama
Como a paz no futuro
O amor vindo a lume
Pra te dar uma estrela

Mas se quiser me ouvir
Basta um dia me seguir
Basta um dia me pedir
Pra eu ser o teu amor

E eu te direi ao ouvido
Eu te direi vencido
Tudo que tenho sentido
Vagando como um poeta louco

E eu te amarei redimido
Lembrando de tudo um pouco
Os contornos e os entornos
As figuras do mapa do teu corpo.

Mas se quiser me ouvir
Basta um dia me seguir
Basta um dia me pedir
Pra te dar o que nunca paro de sentir.

E eu serei teus olhos na escuridão
Tu serás o meu porto na solidão
Eu serei teu norte nesta maresia
Tu serás minha bússola na travessia

Nossas vozes serão chuva de verão.

Mas se quiser me ouvir
Basta um dia me seguir
Basta um dia me pedir
Pra segurar a tua alma.

Se não cair a bateria.

224
INCÊNDIOS
Que estamos fazendo aqui
A olhar os mesmos patos selvagens,
A contemplar pássaros fazendo a curva
Nesta tarde suave depois das chamas?
Que estamos fazendo de rosto limpo
Enquanto a noite avança no tempo?

Que estamos fazendo com a solidão?
Colinas esverdeadas tão distantes
Casas de meia-água debruçadas em vão,
Crianças, trilhos, mulheres descalças
Enquanto o tempo devora os seus filhos.

Que estamos fazendo nesta encruzilhada,
Sob a luz turva da antiga embarcação?
Próximo, corre o rio para o destino
Longe, a máquina vermelha resfolega
Enquanto homens consertam relógios.

Que estamos fazendo nesta plantação
Entre riachos, juncos e a rebentação?
Por trás de nós, expande-se o mundo
Até se perder depois dos canteiros
Onde ainda se perfila a cachoeira.

Que fazemos enquanto fazemos o que somos,
Resignados diante da beleza dos montes,
À sombra antiga do arvoredo silencioso,
Arquivando paisagens, aragens, colheitas
Enquanto a velha se deita no esquecimento?

Que estamos fazendo com o que fomos,
Com essa tristeza tão súbita por dia,
Essa firmeza petrificada de tanto ser,
Esses passos em falso sobre as nuvens
Enquanto a estrada se desfaz em veredas?

Que estamos fazendo aqui contando as chamas,
Inventariando as labaredas que se inflamam,
Na aspereza abrupta da trilha de pedra solta,
Sentindo a brisa sufocada passar tão lenta,
Enquanto a pressa se corta em mil fragmentos?

Que estamos tentando salvar do vento solene,
Esse vento que sopra agora do fundo do tempo.
Trazendo infâncias, aromas, algo do relento,
Tudo isso que fazia parte do que ainda seria,
Enquanto as mãos se lavavam na imaginação?

Que estamos fazendo aqui, mãos soltas ou unidas,
Tanto faz, enquanto a umidade colore paredes?
No rastro do pássaro tonto seguiu o aparelho
Tudo se tornou metálico como uma lembrança,
Que estamos fazendo depois da última dança?

225

PAISAGEM DA JANELA
Todos os dias eu abro a mesma janela
Para a vida entrar com os seus jornais
Às vezes, entra junto um raio de sol
Outras, porém, é a umidade que me beija.
Nas paredes eu vejo as marcas da cidade
O amor não é o momento nem a eternidade
O amor apaga o tempo com a sua crueza
Faz cada um sentir-se como essas heras
Que sobem pelos muros sem uma certeza
Enquanto os homens sonham pelas ruas.
De onde me encontro, cheirando a café,
Mastigo cada grão da minha existência
Até me perder numa dobra sem vegetação.
Aquilo que eu vejo é reflexo da lua,
Que morreu pouco antes, ou é uma mutação?
Certas manhãs, vejo minha alma fugir
Ela sai de mim como uma doce aragem
Um vento fresco dobra a mesma esquina
Onde antigamente eu procurava trabalho
Então eu fecho os olhos e vejo claro:
O tempo não passa nem sequer existe
A janela é que sempre fica embaçada,
Fresta impune de uma vista cansada.

226

PASSO A PASSO
Caminho pela manhã com meus passos dormidos
Ainda não tenho a nua solidão de cada tarde
Nem o esquecimento certo das últimas horas
Somente o peso das lembranças reinventadas.

Levo meus braços carregados dessas artes da vida
Pelos vidros contemplo as barras do horizonte
As janelas me contam os seus pequenos segredos
Enquanto da chaminé sai a fumaça branca do gozo.

Nas ruas por onde ando encontro os mesmos passantes
São pessoas como eu, lentas, atônitas, dormentes
Nada de mal lhes acontece na enormidade das horas
A dor que sentem é apenas a da passagem do tempo.

Volto para casa quando os sinos repicam sua fé
Na avenida carros aceleram como velhos corcéis
Minhas mãos estão repletas de medos e de avencas
Minha alma se parece com a pedra de um monumento.

Na minha cabeça de errante soam músicas fora de tom
O cão atravessa na faixa de segurança sem o dono
O farol já passou do verde ao amarelo e ao vermelho
A florista da esquina ainda se contempla no espelho.

Atrás de mim fica um rastro de histórias sem flores.

Caminho pelas ruas como quem anda num labirinto
São os atalhos e desvios de tudo o que eu sinto
Curiosamente são as fachadas de uma existência
Por trás da igreja se esconde a alma da travessia.

Conheço cada pedaço dessas pedras que me envolvem
Ali, junto daquela árvore, bebi a doçura da sombra
Ali, perto daquele prédio, vi a morte nos olhos
Em todas essas ruas eu busquei a solidez dos dias.

Outro dia, não faz muito, vi o rosto de uma mulher
Tinha então as brechas dos anos esculpidas em sulcos
Por um instante, não a reconheci na sua solidão
Mas é a mesma passista que já me vendeu o futuro.

Aos poucos, perco essa capacidade das evocações
Apego-me simplesmente ao que vejo enquanto passo
A criança que corre tentando abraçar o espaço
A moça de patinete de cabelos ao vento morno.

Na feira, onde verduras colorem as manhãs,
Mãos ásperas recolhem estações e lembranças
Onde foi parar aquele homem que sonhava?
Por que o preço do tomate atinge alturas?

Contemplo agora a velha e imensa figueira,
Há nela alguma coisa que em mim se perdeu,
Talvez a seiva, quem sabe essa firmeza?
Igual temos, se bem percebo, a casca.

Caminho pelo bairro com passos dobrados,
Para cada caminhada há o seu passado,
Uma chuva inesperada e densa de verão,
A noite descendo com a frieza do inverno.

E dizer que ainda ontem, não te lembras?
Estávamos ali, à luz vacilante do dia,
Construindo mundos, fabricando fantasias,
Tecendo a lenda do que somente nós saberíamos.

Se de quase tudo me esqueço enquanto caminho,
Ainda me lembro de quando pegamos a lua,
De quando enlaçamos solenes a nossa rua,
De quando partimos para sempre num domingo.

Havia um velho sorveteiro na esquina,
A loja de roupas masculinas enfatiotada,
O cinema com as suas portas para a calçada,
Um filme de Fellini num cartaz rasgado.

Naquela época, o tempo não era moda,
Salvo para os tristes velhos ultrapassados
Olhávamos o futuro com as mãos espalmadas,
Acenando para a sorte que sorria indiferente.

Nos bares, às vezes, por alguma chacota,
Alguém falava em metafísica, imagem, metonímia,
Enquanto cada um de nós ignorava os sentidos
De tudo que não cabia dentro dos nossos corpos.

Caminho por entre os bosques como um fragmento,
Tenho em cada braço o peso das grandes esperanças,
Algumas se perderam na poeira dos ventos de outono,
Outras retornam quando sopra a brisa da imaginação.

Não raro, enquanto avanço lentamente para trás,
Não me constranjo em perguntar: quem sou? Quem fui?
De quem teria vergonha? De mim? Das ruas? Do tempo?
A solidão do caminhante é vista por todo passante.

Seria ocioso dizer que trago os braços cansados?
Seria redundante lembrar que as pernas hesitam?
São essas ruas, essas pedras, esses edifícios
Que insistem em estremecer quando eu passo.

Ali, naquele canto, havia uma famosa confeitaria,
Ali, onde agora é a lotérica, era uma funerária,
Aquele ali, que se arrasta junto ao prédio branco,
Era atleta e me tomou uma namorada na ditadura.

Enquanto caminho olho o tempo nos seus olhos,
São olhos negros, azuis, verdes, castanhos,
Como um rio volumoso e barrento fora do leito,
Um rio caudaloso e fundo tragado pela depressão.

Caminho pela manhã com meus passos sem fundamento
Estive no encontro das águas que não se misturam,
Fui ao fundo do tempo em busca de uma ilusão,
Queria ser eterno como uma caminhada no bairro.

Agora estou aqui, sempre aqui, no parque que chora,
Quantas árvores já se foram, tombaram, morreram?
Quantos passos ainda ressoam nas suas alamedas,
Passos que um dia bifurcaram para nunca mais voltar?

Quem eram esses passantes, passistas, que passaram?
Certamente eu era um deles passando sem o saber
Quando foi que passei? Quando foi que bifurquei?
Para onde me levaram meus passos quando me afastei?

Caminho pela manhã com meus passos dormidos,
Tenho os membros gelados à espera do sol,
Tenho a alma dormida à espera da iluminação,
Passo a passo, cruzo a Travessa da Solidão.

227

Flagrantes

O sniper abate o sequestrador
O governador comemora como um gol
Uma ligação 086 dispara por minuto
Há uma barra de sangue no horizonte
Jorra luz por entre os edifícios
Mas a noite cai como uma agonia

A humanidade declina o seu ódio
Sobre as escamas magras de peixe
Janelas verdes, espasmos prateados,
Antenas e cadáveres fuliginosos
Empilhados sobre velhas partituras.

228
Releitura Poética
Estou farto do modernismo comedido
Do modernismo bem-comportado
Do modernismo funcionário público com currículo Lattes
e manifestações de apreço aos venerandos da Semana da
Arte Moderna de 1922
Estou farto do modernismo que para e vai averiguar na
história o que Mario e Oswald teriam sentido, teriam dito,
teriam feito com patrocínio de um exportador de café

Abaixo os modernistas!
Todas as imagens sobretudo os barbarismos pós e hiper-modernos
Todas as construções sobretudo as que não se encaixam
no cânone dos velhos heréticos engravatados bebedores
de chá

Todos os ritmos sobretudo os pós-estéticos

Estou farto do modernismo no retrovisor
Acadêmico
Artístico
Bajulador
De todo modernismo que rejeita o que quer que seja fora
de si mesmo.

De resto não é modernismo
Será marketing, ata de reunião de condomínio, joia para entrar no clube,
Folha de S. Paulo, Cia das Letras, Festival de Paraty, Itaú, jacu, sapo-boi,
Mil padrões de correspondência mais a fórmula de Bhaskara para agradar resenhistas e tentar inventar uma tradição de última hora e um passado de respeito, etc.

Quero antes o pós-modernismo dos ressentidos
O hipermodernismo dos consumidores de crack
O transmodernismo acessível e depressivo dos desencantados
O pós-modernismo dos fakes de Machado e Rosa.

- Não quero saber do modernismo que não mata os pais fundadores
O modernismo futurista agora é passado!

Bufa o sapo-boi: foi moderno, não foi, foi, não foi!

Estou farto do poeta descolado,
Do romancista laureado,
Dos velhos da Academia de Letras,
Dos jovens citados nas listas dos promissores
Dos queridinhos dos professores
Dos ganhadores do Jabuti
Dos polemistas fazedores de tretas

Foi moderno, não foi, foi, não foi!

Estou farto dos que falam Machado,
Dos que juram que Machado de Assis defendeu os negros
Por ter aparecido – era ele, era ele, era sim – numa fotografia depois da abolição

Estou farto de andar sempre com a mesma bandeira
Dos romancistas da Semana só restaram documentos,
De alguns poetas, sim, sobrou um tanto de humor

Foi moderno, não foi, foi, não foi
Há uma camada de pó em cada poema.

Foi moderno, não foi, foi, não foi...

229
AGORA ESTOU AQUI
Agora estou aqui olhando os edifícios
Enquanto o cinza cobre o fim do mês
Agora estou aqui no meio da tarde
Fazendo as contas de tudo que vivi
E do que devo e meu salário não cobre.
Tenho as mãos entorpecidas pelo tempo
Tenho os pés congelados pelo inverno,
O fogo das paixões queimando meu passado,
Recordações do que poderia ter sido,
Um buquê de rosas que não entreguei,
O gol de placa que não completei,
O trem que tomei e não devia,
O avião que perdi e já sabia,
As aulas de violão que não ousei,
As melhores leituras guardadas numa gaveta,
As fotos de quando éramos jovens e tristes,
Dessa tristeza que só os jovens sentem,
Saudades do futuro e do que nunca serão,

Donos do tempo, senhores dos sentimentos.
Tenho uma caixa de charutos que não abri,
Ressentimentos que nunca consegui fechar,
Coleções de lembranças que não escolhi,
Arrependimentos que não se justificam,
Duas calças, cinco camisas, um broche,
Uma apólice de seguros, insegurança,
Aposentadoria complementar, ansiedade,
Alguns discos de vinil, um poema inacabado,
Mágoa por não ter amado quem me quis,
Vergonha por não ter dançado a valsa,
A valsa eterna dos teus quinze anos,
A valsa sincera do meu cinquentenário.
Agora estou aqui olhando as janelas
Essas janelas que já se fecharam,
Baixando as cortinas sem reverência,
Fazendo exercício para o coração,
Preocupado em impedir um infarto,
Lendo jornais para ativar a memória,
Esquecido das glórias que sonhei,
Repetindo solitário minhas frases,
Somente as melhores, as antológicas,
Que, por descuido, ninguém anotou.
Agora estou aqui, feliz por existir,
Esperando o próximo jogo na tevê,
Enquanto deusas desfilam no paraíso,
Que fica numa rua da Cidade Baixa.

230
ÁFRICA
Esse som que vem do fundo
Esse eco que vem do mundo
Vem do mais fundo de mim

De quando eu vivia na África
De quando eu tinha prática
Essa arte de viver no mundo
Havia um grande rio
Nunca tinha frio
Havia essa alegria o ano todo,
Um calor que era o meu povo
E coisas que nunca vi de novo
Um jeito de mexer o corpo,
Na garganta uma voz rouca
Na alma a doçura de ser louca
E a certeza de que a vida,
A vida nunca era pouca
Depois disso rolei mar
Fui tragada pelo olhar
Desses homens que odiei
Guardo em mim o que não sei
Essa lembrança do meu rei.

231
EPITÁFIO
Hoje comi peixe no Mercado Público
Cocei a barriga como um bronco,
Lambi os beiços e até comentei:
A poesia morreu. Está enterrada.
Depois, voltei para casa de ônibus
Lendo os poemas colados no vidro
Acho que adormeci e morri
Encontrei Deus depois do túnel
Ele me disse: bem-vindo, poeta
Então, desci, subi apressado,
Espichei-me no sofá para repousar,
Quem sabe sonhar com Deus e o paraíso,

Um paraíso de poetas frescos, leves,
Que sobem pela frente e pagam passagem.
A luz que filtrava pela janela era glauca
Perdi a vida procurando palavras no dicionário
Agora, aposentado, jogo tudo fora com as espinhas
Salvo essa claridade que indica o caminho
Quando eu morrer, quero peixe, poesia e muito sol.

232
PASSEIO MATINAL
Ontem, dei uma volta pela cidade
Montado no meu cavalinho de pau
Vi as ruas esburacadas e um gato
Um gato tomando banho de língua
E sorrindo para as passantes,
Que se encantavam com seus olhos verdes.
Um velho me mostrou seus dentes
Novinhos como uma propaganda
Vi moradores em situação de rua
E ruas em situação de miséria
Vi a lua antes de ela nascer
E o sol que não queria morrer
Vi uma mulher calçando o sapato
Sem meia nem meias verdades
Senti falta de vendedores de jornal
Encontrei sobre um banco de praça
Um velho dicionário abandonado
Era tanta palavra, tanta graça
Tanto verbo, tanto substantivo,
Uma infinidade deliciosa de adjetivos
Uma profusão de termos que nunca usarei:
Besugo, jaez, petiz, teratológico
Absurdo como auxílio-saúde para juiz

Sentei num bar para tomar cerveja
Esqueci que não bebo álcool há anos
Fui avisado pelo garçom: cuidado!
Então comi cereja com guaraná
Um homem sisudo e responsável
Visivelmente um cidadão de bem
Sentou-se sem ser convidado
Para me explicar o futuro,
Entre apólices e um seguro,
Foi duro: "Quero explicações,
Análises, teorias, conhecimento,
Não me venha com poesias".
Passei na frente de um espelho
E aí tomei um gigantesco susto:
Como meu cavalinho de pau envelheceu!

233

COTIDIANO

Fui caminhar no parque quando a manhã agonizava
Das manhãs sinto o perfume e a nova esperança,
A luz que sempre avança e a ternura desperdiçada
Carrego no imaginário muitas palavras que sangram
Gosto quando as árvores me falam dos pássaros
E dos carros cujas marcas já não identificamos
Sim, eu falo com árvores, pássaros e fantasmas,
Que me seguem por toda parte como cães sem dono.
Levava comigo um maço de preocupações correntes,
Um artigo da Constituição impresso para leitura,
Um poema de Baudelaire e um comprimido de Rivotril
Sentia falta do celular deixado em casa por segurança,
Lembrava de uma valsa de 15 anos na pré-história,
Quando o futuro ainda não estava para sempre escrito
Contava os dias e os anos que me aconteceram,

Tanto me aconteceram que nunca passam,
Assim como certas imagens que sobrevoam a casa,
Ou trilhos que bifurcam na memória enferrujada.
Um dispositivo controlava meus batimentos,
Incapaz de saber por quem batia meu coração
Nem de me impedir de vibrar com um gol de 1979.
Andei pelas alamedas do parque como um menino,
Só não corri atrás da bola por causa deste cansaço,
O cansaço dos anos que já foram jogados para fora,
Extenso espólio das emoções vencidas, eleições perdidas,
Mágoas acumuladas, impedimentos mal marcados e partidas
Quantas vezes parti antes do tempo, o tempo das partidas?
Na caminhada, que sempre faço na mesma direção, confessei.
Confessei tudo que sempre soube, tudo que jamais neguei:
Sou um anarquista confesso como são os que não têm poder,
Um errante contumaz como todos os que erram por exclusão,
Aquele que sonha com a volta do que apenas poderia ter sido,
O homem quem tenta recapturar a ilusão que se evadiu,
O apaixonado que só uma vez esqueceu de mandar flores,
Pois todos, alguma vez, esquecem de dizer quanto amam.
Há muito saí do armário e só me interesso pelos aromas,
Esses cheiros doces do melhor que conseguimos ser.
Caminhei no parque como se levitasse no firmamento
Passei por alegrias e tristezas, miséria e fortuna,
O velho que se arrastava, a menina que triunfava,
O homem que não corria, praticava para vencer,
A mulher que trabalhava para manter a forma,

A vida em todas as suas formas, inclusive a tristeza,
Que não deixa de ser quando a manhã também morre.
Havia, porém, o céu salpicado de nuvens mal desenhadas
Vi um elefante, um violino, o mapa da Itália, uma andorinha,
Vi, tenho certeza, a lagoa da minha infância e um pato selvagem
Vi, quem sabe, Deus espiando o seu mundo por trás da cortina.

234
MUDANÇA
Então eu resolvi mudar
Assim, de repente, quando saía
Para ir ao banco e ao mar
Mudei meu olhar para ver o sol
Mudei meu pranto para secar
Imagens de Natal que morriam,
Ruas da infância que sumiam
Auroras levemente esmaecidas
Capas de livros nunca lidos
O portão de casa batendo
Velha morada na rua esquecida
Um cisco no olho negro do cão.

235
GENEALOGIA
Sofro de reminiscências e de exílios
Coleciono águas e imagens de tombadilhos.
Carrego no ventre o medo da tua ausência,
Esse monstro com perfume de jasmim

Que me espreita desde o amanhecer.
Ontem, pedi pizza pelo telefone
Hoje, pedi pizza pelo aplicativo
Amanhã, falarei de utopia na lua.
Tenho cabelos metálicos, platinados,
Rugas onde poderia plantar maconha
E essa gigantesca e medonha certeza
De que meus passos já não ressoam.
Fui de homem a fantasma numa encarnação.

236
Lembrança
Ah, se eu pudesse agora
Voltar àquela tarde de outrora
Teria, enfim, o que eu quis
Seria, então, pássaro e luz.
Teria um sol de outono
O canto que ainda ouço
Os olhos no futuro
A maciez do escuro
A vida em nossas mãos
E sonhos que acendem estrelas
Enquanto apagam caravelas
Mas a juventude quando arde
Crê na eternidade da tarde
Não se lembra de viver.
Ah, se eu pudesse outrora
Sentir aquela tarde como agora
Não faria então o que eu fiz.

237

MEDO DO ESCURO
Cresci em vastos pátios amarelados
Ao sul dos quais começava o infinito
Estrelas eram luzes com lugar certo
Trens apitavam antes da curva
Aves migravam sem se despedir
Heras subiam por ásperas paredes
Minha mãe me chamava ao entardecer:
"Entra, menino, que a noite te pega".

238
ESTRATÉGIA
Na guerrilha dos fracos e persistentes
É preciso saber ficar na trincheira,
Não para dizer tudo o que se pensa,
Mas para desfechar ataques precisos.
Cada vitória é também uma derrota
Cada derrota um recomeço necessário
Correm as horas como pesadelos
Morrem as plantas de monotonia
Cada palavra dita é uma travessia.

239
TARDES AMARELAS
Sempre me fascinei com o trigo maduro
Moedas faiscavam em minhas mãos vazias
Vi o poente incendiar um canto do céu
Era tanto vermelho que sangrava
Colorindo as nuvens mais lentas
O vento sibilava a contracorrente
Eu esperava a hora de levantar voo.

Profissão sem fé

Quando me declarei poeta
O mundo quase veio abaixo.
"É muito ruim", gritou o bardo,
que se confundia com Shakespeare
Por ter poucos cabelos na frente
E versos sempre um passo atrás.
"Você fez um poema", espantou-se
o vate com a sua voz de padre.
Pontificou: "Nunca serás confrade".
"Poesia é complicado", declarou
o poeta que ninguém nunca lia.
"Como poeta você é bom cronista",
disse o doutor me passando em revista.
"Não devias ter saído do armário",
sussurrou um velho de redingote.
Grandiloquente, censurou o poetinha
Num sussurro que quase não ouvi.
Rimas pobres, imagens esquálidas,
Fulminou um dos donos do campinho.
Nada pude fazer por todos eles.
Ninguém foge à sua natureza.
Resolvi me assumir como sou:
Poeta, anarquista e tomador de chá.
Recebi aplausos de nuvens altivas
E um empurrão dos ventos alísios.

Cores

Um gato negro ronronava nos trilhos,
Lânguido e soberano como um vaso,
Patos azuis faiscavam na lâmina d'água,
Nuvens roliças se atropelavam confusas,
Desesperadas com a iminência da chuva,
No Alto Grande rugia o vermelho da terra,
A linha férrea suicidava-se no horizonte de aço,
Um homem tangia melancólico os seus filhos,
Casas ocres sugavam a luz senil do outono,
A tarde escorria como a cera num candelabro,
Eu debulhava a vida em continhas coloridas.

Tristana (1985)

É feito de barro o sonho de um surrealista
Suas cores são internas...
Marrons como a terra que pisamos
Azul é o devaneio
Uma fuga pelo meio
Da tristeza e desencanto.
Toledo de Buñuel
É imagem de Tristana
Tristana, Triste Ana
Que no caos da ideologia
É a chama do meu fim.
Revejo sua partida
Choro em despedida
E Toledo desvanece
Nas nuvens brancas de uma prece,
Uma prece pagã
Tristana, triste Ana.

CONFISSÕES E ERROS

Admito que não sei:
Não sei por que me deixa louco
Saber tão pouco sobre mim,
Este ser que construí e desconheço
Quando desperto do avesso.
Confesso que errei
Quando corri pelo deserto
Em busca do paraíso perdido.
Não sei fazer o mínimo,
Descascar pêssego, colher avencas,
Limpar as lentes, usar o controle remoto.
Errei querendo ser o máximo,
Não sei com quantos paus se faz uma canoa
Errei lançando meus navios em guerra
Não sei quanta água havia na lagoa da minha infância
Errei deixando para trás o cheiro de terra molhada
Não sei mais o valor do Pi
Muito menos para que ele serve,
Ouvi dizer que a história mudou
Derrubando estátuas de escravagistas
E de outros heróis assassinos
Errei quando não vi o cavalo passar encilhado
E fui colher figos sob a chuva da madrugada
Tenho saudades da nossa cama
Me lembro de certa dama que passava,
Não sei por onde andei quando errava.
Sou do tempo em que a poesia fazia estrago.

Imaginário I
Pandorgas coloridas coalhavam o céu
Como estrelas acendidas pelo sol,
Jogos de futebol ressoavam no ar
Exagerando gols e espalhando estática,
Enquanto pássaros bicavam pitangas
E tinham suas penas tingidas de vermelho
Em reflexos transtornados pelas sombras.
Homens de branco dançavam capoeira,
Transpirando desejo, arte e sexo,
Meninas balançavam longos cabelos,
Um cego vendia pequenos espelhos,
Generais torturavam jovens e mitos,
A vida fluía como um barco de papel,
Estradas terminavam antes do entardecer,
Havia uma desesperança em cada poema,
E sangue nas mãos de "homens de bens".
Inesquecível era o beijo que não seria dado.

Manifesto toda poesia
Todas as formas podem ser belas:
A poesia musical, formal, oral,
Exótica, hermética, obscura, atonal,
A que me socorre quando choro,
A que me levanta quando estou de porre,
A que me arrebata com suas figuras,
Aquela que se esconde ou que responde.
Mas eu quero uma poesia expressiva,
Colorida, fulgurante, compreensiva,
Uma poesia figurativa que diga algo,
Mesmo que seja algo para me entristecer.

Uma poesia que faça sentido,
Mais do que isso, faça sentidos,
Real, hiper-real, transfigurativa.
Poesia que diga mais do que a palavra escrita
Com aquela imagem que talvez nunca tenha sido dita:
Descubra, destape, revele, desvele,
Faça ver o que está oculto diante dos olhos,
Uma poesia que incendeie a memória,
Destrave a imaginação, inunde o cotidiano
E nunca tenha medo de ser entendida,
Essa poesia que me morde a língua
Se não a concebo enquanto morro.
Socorro!

246
Rasante II
Fecha a casa, abre os olhos,
Vê o tempo, olha os barcos
Que adormecem sobre as ondas,
Faz dos campos teu destino.
São os ventos soprando estragos,
É a chuva lavando a terra,
Vêm de antes essas lágrimas,
Um lobo contemplando a estepe,
O sol lambendo o dorso do leão,
Ouve os sinos, dobra o corpo,
Estende a mão, dá o passo,
Beija a boca que te *agora*,
Ouve o grito do teu peito,
Sente, o menino ainda chora,
Canta o canto que te embala,
Até a noite cair de tonta,
Abre a casa, fecha os olhos,

Olha o tempo, vê os barcos,
Faz dos mares o teu campo.

247
PÔQUER
Se pode fazer quase tudo no caminho,
Verde metamorfose das moedas podres,
Enquanto os poetas já não cantam,
Apenas se louvam pelo que não conseguiram,
Os antigos contistas se contam solitários,
Os estudiosos contabilizam perdas como ganhos,
Estranha alquimia que faz da pedra pergaminho.
Pode-se fazer paródia, metalinguagem, plágio
Deve-se, contudo, a todo momento pagar pedágio
Inclinar-se diante dos senhores encanecidos
Ou dos jovens com suas fórmulas mágicas.
Outra saída é dormir para sempre com a maldição.
Ou declarar solenemente todos mortos insepultos.
Crianças correm em praças serenas ao entardecer.

248
IMPRESSÕES, SOL POENTE
Veredas, vielas, aliterações intempestivas,
Minha mãe lavava roupa no tanque de concreto,
O verde da mata espessa era escuro como o verbo
Pássaros viviam sessenta anos de imigração
A chave do enigma sempre esteve ali na porta
Partia-se para sempre em cavalos que se perdiam
Ou só eles voltavam para casa depois da viagem.
A vida era simples como um voo rasante na esquina.

249

TEOLOGIA
Conversava com os deuses manhã e tarde
Depois eles sumiram na enormidade do céu,
Onde ainda brincam de esconde-esconde.
De muitos, viraram um, mas não o mesmo.
Sempre espero que Deus chame uma coletiva
Para anunciar na mídia a sua renúncia,
Ou, quem sabe, a data do fim do mundo.

250
CENINHA DE FAMÍLIA
Minha mãe lavava roupa no tanque de cimento,
Em agosto dava para ouvir os seus dentes,
Em dezembro dava para escutar seu canto,
Ela não tinha rugas, o tanque, rugas e estrias,
O tempo, intervalos, espasmos, aborrecimentos,
Rupturas, solavancos, horas de tensão ou esquecimento,
O inverno, fugas, canções e noites brancas,
Geladas, frias, fotografias, imagens de coleção,
Essas coisas que não cabem na memória do vento.
Poetas faziam versos modernos ou de concreto armado,
O general governava o país sem remorso nem eleição,
Exigindo continência, civismo e bom comportamento,
Essas coisas que pede todo general de plantão.
As meninas usavam minissaias, os meninos, cabelos compridos,
A vida saía nos jornais com cortes e letras garrafais,
Que embebedavam de ilusão e alegria os cidadãos de bem.
Nas bancas o Sol nunca aparecia, nem ainda a Realidade,
Anarquistas tiravam as calças das nuvens em manhãs suaves,
E pintavam de azul, vermelho e amarelo o pôr do sol,

Que se punha melancolicamente antes da hora do Brasil.
Jovens morriam em cadeias concretas por ideais abstratos,
Segundo diziam os que só morriam por seus capitais.
Velhos ainda vendiam a Jovem Guarda como uma Bossa Nova,
Sentia-se saudade do que não se podia por decreto viver,
Mas se devia respeitar por ato institucional.
Minha avó gemia enquanto lavava os pratos numa bacia,
A tarde era sempre longa e preguiçosa como um gato,
No tempo em que os gatos ainda sorriam altivos
E não desapareciam sem deixar rastros ou pelos.
Estudantes desfilavam marcialmente de passo errado,
Desatentos ao passado, alheios ao presente, país do futuro,
Enquanto sonhavam com rock, utopias e os seios das colegas,
Que preferiam os mais velhos, mas cediam alguns afetos.
Homens surgiam e sumiam sem dizer adeus nem seus nomes,
Mais tarde se saberia que se faziam biografias escritas com sangue,
Notas de rodapé no livro clandestino da oficialidade,
Páginas frias nos dias quentes de uma história obscura.
Meu avô olhava a rua e pensava em morrer por medo da morte,
O seu tempo já era infinito como a vastidão dos campos,
A cidade era um sonho que se sonhava depois de partir.
Eu queria saber o que se passava, mas nada me ocorria,
Passava noites contando estrelas de dedo em riste.
Minha tia ralhava: vai pegar verruga e falta de amor à pátria.

Pandemia

Ontem, botei o pé na rua
Para sentir o sol na pele
E ver o corpo em movimento.
Quando dobrei a esquina,
Um anjo desdentado me disse:
"Fica em casa, lava as mãos"!
Sorri para ele e voltei voando.

252
Lugar de fala

O lugar de onde eu falo
Tem aromas da infância
E mistérios de arcanos
Com punhais cravejados
E cristais conservados
Onde me reflito e apago
A voz que eu falo me fala
Do futuro impresso no passado
E de glórias que não consumei
Estava ocupado sonhando com a vida
E vivendo os sonhos que nem sonhei.

253
Olhos de cão marrom

Da janela vi a árvore tomando sol
E uma criança caminhando como um pato
Transgredi a lei e fui também andar
O menino exibia olhos de cão marrom.
Quando o vi de perto, tive uma surpresa:
Era eu que tinha caído do caminhão.

Mas estava feliz com os carinhos da brisa.

254
PATRIMÔNIO
Em Palomas fui dono de um lote de nuvens,
Em Paris, das cores das cerejeiras em flor.
Nessas épocas, não sentia dor nas costas
Nem me angustiava com a palidez do arco-íris.

Quando jovem, investi em castelos
Não me perguntava de que areia eram feitos.
Velho, converso com as damas das cartas
Sentindo que já estou fora do baralho.

Nas manhãs de setembro eu colhia raios de sol
Enquanto o céu resplandecia de infinito
Azul turquesa era o reflexo da solidão no tempo.

Ainda sinto as nuvens se desfazendo num tropel
Meu patrimônio cabe todo num canto da mão,
Justo agora que de concreto só há o vento.

255
À MODA CAMPEIRA
Cerro, escuridão e bravura
Tristeza, covardia e secura
Em Porongos sucumbiram os negros
Executados pelas tropas de Chico Pedro
Mortos por uma trama de Caxias e Canabarro
Esses heróis para sempre com os pés de barro.
Mortos foram os valentes negros lanceiros

E os pobres infantes desarmados.
Todos eles eram herdeiros
De um sonho impossível:
O sonho da liberdade.
Foram mortos para abrir caminho à anistia
Que seria chamada de tratado de paz.
A história é aquilo que aqui se faz,
Por muito tempo a verdade insistia
Em se mostrar inteira à luz do dia.
Cerro, escuridão e bravura
Tristeza, covardia e secura
Negro que não morreu, caiu prisioneiro
Foi enviado para o Rio de Janeiro
Onde virou escravo da nação
Para depois morrer no Paraguai
Como voluntário da pátria
Que não teve nem escolheu.
Nada disso eu soube sem morrer.

256
Pássaro
Na mata há um pássaro parado no ar
Tem o peito amarelado de um pomar
Lembro daquilo que só eu poderia ter sido
Se não cantasse o abismo da solidão.
Há uma luz que pende como uma espada
Brilha na lâmina o sol da primavera
Enquanto trafico poesias desconsoladas
Como armas para o massacre das almas.

257

Tempo, tempo
Há o tempo de morrer em vida
E o tempo de viver a morte,
Como o voo da ave que risca o céu,
Lâmina que corta a eternidade
Sol que se reflete nos trilhos,
A mãe que busca os seus filhos
Sabendo que eles não voltarão
Linha férrea para sempre interrompida
Chove na estação que prometia a partida,
A passagem que resta é somente de ida,
Fruta vermelha na boca carnuda,
Sangue escorrendo na palma da mão.
Caminha-se entre vivos em tempos sombrios.
Morre-se a cada dia de silêncio banal,
Lê-se a tristeza na capa do jornal:
Para onde vão os trens que morreram?

258
Autobiografia
Tenho saudades do passado,
Aquele tempo que não passava,
Quando nunca pronunciava a palavra futuro.
Tenho ideias datadas,
Todas elas datam de outro tempo,
O tempo em que eu não olhava o relógio parado.
Tenho cicatrizes nos confins da alma,
Recanto situado nos desvãos do território,
Salvo se for num canto do escritório,
E graças ao Rivotril momentos de calma,
Enquanto ouço o mar com estas conchas em mãos
E afundo navios nas costas outrora douradas.
Tenho memórias no esquecimento,

O andar lento do pássaro ferido,
O olhar de quem viu o sol queimando,
O sorriso triste do viajante cansado,
Confundido pelas voltas da geografia,
Algumas centenas de livros interrompidos,
Esse fascínio pelas águas irisadas,
Uma coleção de medalhas azinhavradas.
Toda manhã recolho a âncora e navego,
Tenho oceanos a percorrer antes do sol se pôr.

259
CONSTELAÇÕES
A luz das estrelas esconde a memória do escuro,
Buracos negros engolem o brilho do futuro,
Colho framboesas a caminho do paraíso,
Que fica entre Palomas, Paros e a Ligúria.
Não canto os pássaros que já não vejo
Nem as estradas que não bifurcam
Espalho retalhos da colheita vermelha,
Frangalhos da grande navegação a esmo,
Frutos ásperos desse desejo do mesmo:
Desejo de gozo, de amor e de repouso.
Tenho a alma exposta em praça pública,
Condenada junto com os seus despojos,
O rosto transformado pelo tempo,
Esse feitor infame de escravos.

260
MANIFESTAÇÕES

Fiz tudo o que esteve ao meu alcance
Especialmente aquilo que não devia
Sempre insultei as pessoas certas
Com meu desprezo incerto e loquaz
Cometi o grande erro de ser preciso,
Por isso deixei de ser necessário.

261
PURA MÁGOA
Sempre houve ódio parado no ar
Um ódio contido, incontido, sem fim
Ódio amistoso por quem continuava no jogo
Enquanto os odiosos só contemplavam o fogo
O fogo que devorava os confins da ambição
Odiavam por reacionarismo ou ressentimento
Sempre que um caía, aplaudiam com o silêncio
Olhando para os prêmios que negaram
Os troféus e medalhas que não entregaram
Lembrando até das críticas que fizeram
A quem não seguiu a cartilha que indicaram
Ao cronista disseram não vai dar certo
Aos que foram isto e aquilo, repetiram: não tem como
Ao poeta jogaram rimas na cara
Ao romancista de perto não leram
Aos que fizeram a própria lenda, não creram.
As quedas que elevam, não viram,
Saudaram o pior como vitória
Nesse tempo todo, admiraram o sucesso lá fora
E reverenciaram os profetas do passado
Já morri muitas vezes nesta vida louca
Sempre que renasci, trincaram os dentes
Furiosos, me perguntavam: por onde andas?
Eu andava no centro do nosso pequeno mundo.

O centro é uma margem do outro lado do rio.

262
MEUS OLHOS
Então eu fechei os olhos
Para ver mais longe
Vi o infinito que se estreitava
O horizonte que se aproximava
O poente que caía mais cedo,
A aurora boreal tão pálida,
A escada com um degrau quebrado,
O galo abandonando a madrugada.
Enfio o dedo na garganta,
Enfio bem fundo e vomito,
Vomito minha alma e algo mais:
A liberdade de expressão que se esvai.

263
METAFÍSICA
Há uma máquina no lugar do meu coração
Aparelhos crescem como gerânios
Luzes de led empalidecem a noite
Demônios me devoram a carne em brasa

Chove no alto da cachoeira
Uvas refrescam o amanhecer
Fulguras ao país da solidão
Ando pelas ruas marginais

Eu sou o centro da margem,
Nesga colorida no desvão,

A porta que fascina o abismo

A moça de olhos rasos sussurra,
A sua voz engole a manhã chapada:
É a sua vez de fazer o raio-X.

264
COLEÇÃO
Na grande e áspera rua,
Relva no leito deserto,
Cresce o que não sabe morrer,
Aquilo que se recusa a não ser,
Influências no sinal fechado,
Rumorosa música dos vinhos,
Amores pendurados na memória,
Fotografias sem as legendas,
Angústias esculpidas em mármore,
Selfies com árvores tombadas,
Vidas negras que importam,
Mas são esquecidas ou violentadas,
O homem negro covardemente assassinado,
Indígenas que perdem terras e culturas,
Mulheres vitimadas por machos cruéis,
Como se a crueldade fosse uma interpretação,
Extensas pradarias sem paixões nem poesia,
Caminhadas que já não fazem caminhos,
Pegadas que perderam as suas gaivotas,
Livros caídos aos pés sem suas capas.
Quais são os nossos papéis
Quando uma luz vermelha se acende
Para iluminar os dados lançados,
Que não abolem o acaso nem trazem sorte,
Essa morte dos que jamais colhem o sol da manhã?

Até quando faremos do mal um estranho bem,
O bem forjado dos que acumulam muitos bens,
Poderosa narrativa dos vencedores,
Esses seres que não amam epopeias,
Contentando-se com a marcha dos números,
Até que eles se convertam em perdas?
Na estrada amarela da minha paciência,
Madeira nobre ou pobre de nossa existência,
Esqueço de tirar o terno da eloquência,
Deveria fazer das palavras um pacato jogo de bilhar.
E colecionar imagens capazes de me emocionar:
A serpente que dança, a passante que desaparece,
A luz verde do outro lado da baía, no cais,
O homem que implora: não consigo respirar,
A criança jogada com a água da bacia,
Flores melancólicas na escrivaninha,
O velho amigo que partiu para o Norte,
O parente que perdeu para a morte,
O vírus que o todo-poderoso não viu,
Mas estranhamente contraiu e sentiu,
A chuva ácida na tarde plácida,
A queimada devorando antas e matas,
Bolinhas de gude na infância interminável,
Quando acordei era passado do meio-dia,
A devastação já não cabia num único poema.
Então ela disse pisando as folhas caídas:
"Houve um verão inesquecível,
Eu queimava mais do que o sol da tarde,
Era primavera na minha vida".
Doze de agosto de um ano qualquer,
Ou Natal à sombra de uma figueira.

265
Fim de ano

Criança, eu tinha pressa de espichar,
Com meus sapatos amarelos de pirilampo,
Era tudo tão lento para crescer,
Só minhas calças não sabiam disso,
Perdiam terreno para as canelas
Enquanto eu louvava a bola em vielas.
O tempo era um burro empacado
Zurrando para a lua encarnada,
A lua que sangrava cheia de si.
Crescia um palmo, continuava menino,
Fazia medonhos pactos com o destino,
Cada ano tinha dez mil dias e noites
Todos povoados por fantasmas de vermelho,
De nada adiantavam os meus açoites,
Meus pedidos e meus estilingues,
As estrelas faiscavam de tanto rir,
Eu fazia pipi na cama com medo de dormir.
Velho, não tenho pressa de morrer,
É tudo tão lento para frear o tempo,
Cada fim de ano parece que foi ontem,
Cada Ano Novo não garante o amanhã,
Prometo ser menino até o anoitecer,
As estrelas sorriem complacentes.
Guri, dava pinotes, o tempo nem aí,
Idoso, me arrasto, o tempo dá saltos
Virou um corcel negro e veloz
Como certas noites da minha infância.

266
METAMORFOSES DO FASCISMO

Lânguido, o fascismo é um vampiro,
Contra o qual não basta o suspiro,
Das almas que creem na cultura,
Enquanto como chocolate com cereja.
Muitos são os disfarces do fascismo,
Que pode vir de simples autoritarismo,
De racismo, comunismo ou neoliberalismo,
De salvação do Ocidente ou idealismo,
Materialismo, nacionalismo, antiglobalismo.
Fim de ano, cai o pano, alto lá!
Chega de negacionismo, de terra plana,
De cloroquina, de conversa de esquina,
Desse trololó dos amigos do vírus.
O fascismo, conforme a necessidade,
Usa terno e gravata colorida,
Ou farda, coturno e batina.
Fascismo é a recusa do outro,
A certeza violenta do destino,
A mordaça que cala a fala menos rala,
Um monstro que sempre se transforma
E volta todo ano como novidade.

267
PASSAGEM
Um dia como um pássaro
A vida também passará
Deixando apenas um rastro
De penas no silêncio do ar
Talvez como um ninho
A morte seja o vinho
Que já não se beberá.
Migraremos no espaço

Quem sabe ao compasso
Dessa música do vento,
Melodia de pássaro
Sinfonia de penas
Sonata de plumas
Para que durmas
Na eternidade do voo.

268
Morrer no pago
(Em memória de Telmo de Lima Freitas)

Eu quero voltar ao meu pago
Para morrer sem o olhar vago
Que a saudade me impõe.
Eu quero cantar as coxilhas,
Os matos e as tropilhas,
Tudo que com o tempo se foi.
Um dia eu saí de Palomas,
Deixando para trás o jasmim,
O mate, os potros e as domas,
Mas Palomas nunca saiu de mim.
Eu sonho em sentir o amanhecer,
Andar pelos campos até me perder
Nas lembranças sem tristeza
Da infância com sua beleza,
Tropa de osso, água do poço,
Banho de sanga, a junta na canga,
A prosa serena do esquilador
E eu arrastando asa pra menina,
Antes de seguir a minha sina
De gaudério tão longe de casa.

269
Profusão

Quando o menino chegou na estação
A tarde estava coalhada de tédio
A luz que brilhava nos trilhos
Exibia o sol em muitos pedaços
Uma árvore fria deitava sombras
Outra, dormia a sesta vegetal
Na área o busto do comendador
Contemplava viagens adiadas.
Só as cigarras sabiam o que dizer.

270
SAMARCANDE
Eu estive lá

Na solidão mais cruel
Na paz da caridade,
No inferno da rua cheia
Na lâmina que corta a maldade.

Eu estive lá

No cruzamento dos pedintes
No banquete sem requintes
Na maldição da poesia
Na oração da freguesia.

Eu estive lá
Quando mataram os inocentes
E sangraram os dementes
Na frescura do amanhecer.

Eu estive lá

Quando aboliram a escravidão

E quando capturaram escravos
Nas costas do ouro e do marfim.

Eu estive lá

Na sombra da mangueira
No fervor da chaleira
Na execução dos criminosos.

Eu estive presente
Na missa dos ausentes
Na prece dos descrentes
E na procissão mais recente.

Eu estive ausente
Quando me pediram para chorar
E salvar o inocente
Das mãos do indecente.

Eu estive distante
Quando as árvores frutificaram,
As flores deram cores
E a vida transbordou.

Eu naveguei
Por mares sangrentos
Na estação mais gelada
Expiando pecados.

Eu retornei
Quando não me esperavam
E plantei a semente

Dos que já não semeavam.

Eu comandei
A revolução dos descontentes
Na fronteira dos existentes
Onde um morto era rei.

Eu fiz amor na calçada
Diante de passantes
Saídos de poemas
E teus gemidos eram fonemas.

Eu transpassei o mistério
Como um ministério,
O enigma da transparência
Quem sou?

Eu estive lá
Nas franjas do tempo
No tampo da fruta vermelha
No lombo do cavalo alado.

Eu estive em toda utopia,
Nas tardes de melancolia,
Na aspereza do desejo
Num quarto de despejo.

Eu estive lá
Quando Deus se revelou
Aos que o ignoravam
E ninguém o saudou.

Eu estive na guerra
Lavrei a terra
Cultivei os campos

E desliguei as máquinas.

Eu vi o domo azul da sepultura
E a carne triste da criatura
Que orava em busca de luz
Lá onde não havia cruz.

Eu vi a reunião dos terroristas
E a pregação dos desesperados
No deserto dos andarilhos,
Na mortandade dos filhos.

Eu estive lá
Quando a família se encontrava no domingo
Para o almoço dos escolhidos
E me deram a melhor parte do banquete dos pobres.

Eu estava lá
Quando a luz a todos abençoou
E um rio de mel
Lambuzou a terra para o amor.

Eu estive presente
No pior e no melhor
No que chamam uma vida
Essa passagem de ida.

Eu vi o nascimento,
A morte, o assassino,
A amante, o destino
Meu corpo virar fumaça.

Eu vi o tempo,
O tempo que passa
Concedendo a graça

Da transfiguração.

Eu estive duas vezes
Em Quelimane,
Duas vezes em Samarcande.
Fui ao encontro da morte,
Que me destinou a sorte
Da navegação.

Singrei outros mares
Bebi em tantos bares
Dormi em tantos corpos
Matei quando me pediram.

Atravessei os séculos
Fui negro, fui branco
Fui negreiro, fui escravo
Só não fui monumento.

No auge da caminhada
Achei que era bravo,
Mostrei minhas armas ao vento
Caí soprado por uma brisa.

Eu montei cavalos de fogo
Acariciei a boca dos leões
Alimentei os mendigos
E trafiquei armas no Togo.

Eu caminhei de bengala
Bala e bala
No crepúsculo do rio

A alma transida de frio.

Eu adorei a lua,
As estrelas e o sol
Nas montanhas do poente
À espera do último trem.

Eu estive lá
Quando os homens plantavam sentidos
E Deus pedia esmola.

Eu vi o tempo e a sua morte,
A vida e a sua sorte,
A luz e o seu escuro
O presente e o seu futuro.

Eu vi o verde de Machu Picchu,
O domo azul de Tilla-Kari
a cúpula anil de Bibi-Khanym.

Eu vi a miséria sem tristeza de Moçambique
A mesquita depois da chuva,
A imensidão do rio dos Bons Sinais
E o voo do pássaro no Índico.

Eu vi mais do que tudo
A ovelha pastando
Dentro da capela abandonada.

Eu comi figos e pêssegos
Antes de comer a maçã,
Antes dessa longa marcha

Como uma febre terçã.

Eu vi a morte me levar
Sem ao menos perguntar
Se eu estava pronto.

Agora estou aqui
Decifrando a eternidade
À espera de um novo fragmento
Debulhando contas azuis.

Agora estou aqui
lembrando minhas mortes
A primeira, inesquecível,
num navio negreiro
A última de um tiro certeiro
A próxima, que virá,
quem conhece o futuro?

Eu estive lá
Entre o homem e a fera
Agora estou aqui
Nessa longa espera.

Fui robusto, fui rochedo
Fui poente, fui torpedo,
Agora sou fumaça.

Eu estive lá, ao lado de Ulugh Beg,
Vasculhando os céus de Samarcande,
Fixando em suas tábuas mais de mil estrelas
Blasfêmias do saber na sua inocência.

Eu estive aqui.
Eu estou aqui.
Olhando o domo azul da capela velatória

Onde pasta a ovelha solitária.

(do personagem em *Acordei Negro*)

271
MÃE
Eu te via enorme quando era pequeno
Te vejo gigante agora que sou grande,
Te via heroica quando olhava desenhos
Te vejo eterna e meu olhar se expande
Te via madura quando ignorava o tempo
Te vejo jovem agora que sou idoso
Mãe, sempre tiveste o ideal fervoroso
Da fera cuidando dos dias e dos filhos
Escondendo tuas lágrimas e desalentos,
Indicando firme e serena os trilhos
A todos nós, filhotes desatentos.
Eras a fortaleza contra os ventos,
O dique contra a força das marés,
a palavra suave nas horas graves,
O sorriso que secava os choros,
O afago que curava as feridas,
A certeza diante dos perigos,
O aconchego nas noites de inverno,
O lugar comum das manhãs e tardes.
Continuas sendo o porto de cada barco,
A enseada para voltamos descrito o arco,
O arco das nossas utopias e tormentas.
Mãe, teus feitos não cabem num dia,
Tua importância transborda os anos,
Teu tempo é o de toda a vida,
Mulher, raiz, casa e felicidade,

Enquanto nossos cabelos branqueiam.

272
DERIVA
Coração vermelho de metal
Trigais perdidos no paraíso
Tudo isso vestido para matar
Quando já era tarde para iludir.
Colorir com giz todos os gêneros,
Ser piegas, horrendo e fiel
Disparar à noite o tiro gelado
Antes que o escuro se avelude
E a palavra se ajoelhe para viver.
Caudais, riachos, livros de bolso,
Um corpo, uma calma na cidade
Até o cisne oferecer sua alma.

273
FACE
Por que me vem de repente essa tristeza?
Essa tristeza que o poeta cantou.
Por que me vem de repente essa certeza?
Essa certeza de que o vento chorou.

Estou com a alma gelada,
Desse frio que sentimos tarde,
Quando já não cremos
Nas promessas do amanhecer
Resta o sol do amor e das amizades.

Eu amava o vento
pelas mensagens que me trazia,
Agora ouço o silêncio das noites

E o bater saudoso do meu coração.

Quantas dores senti,
Quantas alegrias vivi,
Antes de ter este sorriso,
Vago riso de domingo à noite?

Sinto uma tristeza longa como um punhal
Meus dedos correm no fim da navalha
O sangue cansado já não se espalha
Durmo à luz dos pessegueiros.

274
Sol
Solidão e poesia para mim são o mesmo,
Um barco, mesmo com bússola, a esmo.
Não me importo com a tal da métrica,
Nem realmente sei para o que serve
Poesia para mim é profusão de imagens,
Vez ou outra há rimas e paisagens,
Simulacros e simulações da viagem.
Todo poema para mim é sangramento
O sol escaldando minha tristeza,
Outro nome das ondas que vagam.

275
Asas
A manhã era suave como um cristal

Queria atingir o âmago das flores
Para desvendar sua alma botânica
Tomava café num jardim suspenso
De horas suspensas na imensidão
Havia um anjo pintado na xícara
E uma asa quebrada sobre a mesa
De quem era: da taça ou do anjo?

276
Sol de outono
Então pensei novamente nos campos,
Por onde andei quando sonhava,
Sentado ao sol que lambia a estrada.
Revi pedras, árvores, pássaros,
Nuvens que pareciam ter passado.
Passado tinha eu na caminhada,
Com prata e neve nos meus cabelos,
Voos e traços em cadernos de espiral,
Como esta que me fez girar a cabeça
Enquanto atravesso lento a eternidade,
O parque, a alameda, o verde dos anos,
Os anos verdes que não amadureceram,
Foram direto da esperança à certeza.
Essa certeza de que nada passa,
Tudo fica em algum lugar da memória,
Maturando como histórias sem datas.

277
Percurso
E assim atravessamos a vida

Ora tristes como quem foge
Ora opacos como quem morre
Por vezes, loucos de porre.

Um dia com o sol na cabeça
Outro, com a cabeça na lua,
Sonhando em partir para longe,
Ou em voltar de vez para casa.

Quem nessa travessia não sonhou?
Com uma tarde de amor numa ilha,
O abraço maravilhoso de uma filha,
Todo o poder para mudar o mundo?

Na infância cultivamos fantasias,
Na adolescência, amores e esperanças
Adultos, cálculos renais e maresias,
Na velhice, um oceano de lembranças.

E assim atravessamos a vida
De porto em porto, alados,
De barco em barco, calados,
Cantando, por vezes, na chuva.

Na curva escura da fotografia
Há um rosto suavemente grave,
Coração ritmando a jornada,
Luzes se acendendo nos olhos.

E assim atravessamos a vida,
Curando sempre alguma ferida,
Barras vermelhas no horizonte,

O gosto daquele beijo na alma.

O que resta da caminhada?
Esta súbita e adorável calma,
Flores azuis na escrivaninha,
A tua boca dizendo: estou aqui.

278
VIDA
O que eu faço todo dia
Não interessa ao mundo
Apenas ao meu eu profundo,
Aquele que ainda desconheço.

Ora sou homem, mulher, trans,
Feito de completudes vãs,
Poeira cósmica no vaivém
Desse desejo que me desvela.

As janelas que me contemplam
Não podem saber sobre mim,
Estrelas, jasmim, cores,
Antigas caravelas siderais.

Eu sou aquele que transcorre,
Plural, singular, imaterial,
Com meus olhos de albatroz,
Luz branca na constelação.

Enquanto o ônibus não vem.

279
RECONHECIMENTO FACIAL
Reconheço

que me desconheço
Face ao espelho
Não conheço esse velho,
Essa candura infantil
E esse sorriso senil.
Faço a barba eletricamente
Para naturalmente me identificar.
O sensor avisa que não sou eu.
Quem é? Quem sou? Quem fui?
Acaso ainda me reconhecerei?
O eu é Rosa de Malherbe.
Ninguém sabe mais o que é.
Resta o perfume da identidade,
Essa impressão digital off-line.

280
Avesso
Enfim, amanheço,
A alma do avesso,
Destino que diz sim,
Ai de mim, ai de mim,
É a noite que morre
Em vagido ou espasmo
Quase pasmo, luz.
Não acho o meu crachá.

281
Quero luz
Uma manhã banhada de sol
É tudo que peço à noite

Lavada de sal e de ventos.
Por que gosto dessa luz crua?
Por que sorrio para esse brilho?
Porque renasço antes de anoitecer:
Por um instante sou a lua.

Estranha palavra nos definia,
A noite antes do entardecer,
Como se o vermelho da terra
Fosse o sangue do alvorecer.

282
Calendário
Quinta-feira de poeira e bronze,
Um carro passa lento e solene,
Tenho árvores no pensamento,
Heras me sobem pelas pernas.

Sinto gosto de café e sol,
Talvez seja a fotossíntese,
Salvo se for a tua ausência,
Estes anos sem sal e menta.

Quinta-feira de chuva,
Água que não se lamenta,
Uma foto na parede lua,
Lembrança da nossa rua.

Pode ser que eu volte,
Com morangos e cáquis,
Não estranha o sotaque,
Estive em outro planeta.

Arranco folhas do corpo,
Aquilo que idade não poda
Cresce como semente nova
Até que exale o jasmim.

283
2 DE NOVEMBRO
O bicho que assustou o poeta,
O bicho, que não era gato, voltou,
Anda, de novo, mexendo no lixo,
Meu Deus, coitado desse bicho,
Que anda pedindo osso para comer,
É o bicho que um dia Manuel viu,
Bicho-homem engolindo restos,
Enquanto ricos enrolados na bandeira
Não pagam impostos e gritam: Brasil!

284
Ruínas
As casas tombam e não levantam mais,
O rio louro já não corre para o mar,
As estações se repetem monótonas,
O poeta jaz sobre a terra ressecada,
Utopia é só uma palavra anacrônica,
Toda queixa será logo rechaçada:
Sem drama, a vida é uma tragicomédia!
Luz, quero luz, lâmpadas de led.

285
Exterminador
Aquele homem veio do nada

No começo, falava hesitante,
Depois, destruiu tudo.
Mas nunca deixou de titubear.
Parecia frágil ou amistoso,
Era, contudo, impiedoso.
Odiava o que dava certo,
Obrigava a carregar nas costas
Camelos tristes no deserto.
Tudo morria onde ele pisava:
Nunca conheci ser mais cruel,
Tinha a crueldade dos fracos.

286
Tempos sombrios
Primeiro me tiraram a voz,
Depois me cortaram os dedos,
Então fiquei a olhar mundo
Com meu olhar mais fundo
Por trás das lentes grossas.
Se minha voz já não fala,
Meu silêncio ainda cala
Na solidão do milharal.

287
Percurso
Perdeu-se nas lembranças,
Que não entrariam na memória,
Cabelos longos ao vento,
Noites frias de discoteca,
Tardes tardias de Jovem Guarda,
Ruas, viagens de imaginação,
Sonhos, namoros, poemas,

Utopias, ideias de revolução,
Perdeu-se antecipando o futuro,
Luares, canções, medo do escuro,
Colegas desaparecendo no outono,
Meninas que sorriam e sumiam,
Ficando para sempre no coração,
Amores jamais consumados,
Olhares nunca mais iluminados,
Desfiles, paradas, generais,
Enquanto a vida se acendia
Naqueles anos assassinados
De jovens inocentes e belos.
Perdeu-se antes do tempo passar.

288
Visões
Da janela vejo a lua,
Onde passa uma rua
Que vai dar no sol.

Da lua veja a rua
Onde pousa o raio
Que escapa do sol
Para te ver passar.

Carrego a ingenuidade,
A inocência, a vaidade
De ser como a chuva,
Que corre sem se voltar.

Sei que minha poesia,
Essa viela risonha,
Onde brincam crianças,
Morrerá com as rosas,

Essas rosas do canteiro,
Flores da avenida fuliginosa.

Rosas de que riem passantes,
Esses seres que não passam,
Voltam com outros rostos,
Outras roupas, mesmos destinos.

O destino da poesia é o da rosa:
Perfumar a rua que não tinha cores.

Fone: 51 99859.6690

Este livro foi confeccionado especialmente para a
Editora Meridional Ltda.,
em Gentium, 11/14 e
impresso na Gráfica Noschang.